KB114197

MAJOR LEAGUER
메이저리거

FUSION FANTASTIC STORY

강성곤 장편 소설

메이져리거 5

강성곤 장편소설

초판 1쇄 찍은 날 § 2016년 2월 2일
초판 1쇄 펴낸 날 § 2016년 2월 11일

지은이 § 강성곤
펴낸이 § 서경석

편집책임 § 김현미

펴낸곳 § 도서출판 청어람
등록번호 § 제387-1999-000006호
등록일자 § 1999. 5. 31
어람번호 § 제1-2347호

주소 § 경기도 부천시 원미구 부일로 483번길 40 서경B/D 3F (우) 14640
전화 § 032-656-4452 팩스 § 032-656-4453
http://www.chungeoram.com
E-mail § chungeorambook@daum.net

ⓒ 강성곤, 2015

ISBN 979-11-04-90629-9 04810
ISBN 979-11-04-90490-5 (세트)

MAJOR LEAGUER
메이저리거

FUSION FANTASTIC STORY

강성곤 장편 소설

5

청람

MAJOR LEAGUER

메이저리거

목차

제1장

만반의 준비를 갖추다

시간이 꽤 지나서일까.

라커룸이 있는 방향에서는 아무런 소리도 들려오지 않고 있었다.

민우는 혹시나 하는 마음으로 라커룸을 확인했지만 불이 모두 꺼져 있는 것을 확인하고는 난감한 표정을 지었다.

'다들 벌써 숙소로 돌아간 건가?'

동료들에게 내일이면 자신은 떠나야 한다는 것을 당일에 이야기하는 게 조금 내키지 않았다. 그렇다고 늦은 시간에 일일이 숙소를 찾아가 한 명, 한 명에게 이야기를 하기도 뭣한 상황이었다.

'어쩔 수 없지. 승격 이야기는 내일 할 수밖에.'

결정을 내린 민우가 라커룸을 벗어나 숙소를 향해 발걸음을 옮겼다.

숙소로 돌아온 민우는 모든 것을 제쳐 둔 채 침대에 걸터앉으며 현재 능력치를 확인했다.

'능력치.'

[강민우, 23세]
[타자]
—파워[E, 60(+11, 11%)/100], 정확[R, 64(+11, 65%)/100], 주력[R, 66(+5, 10%)/100], 송구[R, 63(+5, 73%)/100], 수비[R, 63(+5, 57%)/100].
—종합 [R, 316(+37)/500]

능력치를 확인한 민우의 입가에 미소가 옅게 피어나기 시작했다.

'파워를 빼고는 전부 레어 등급을 달성했어. 상점에도 새로운 상품들이 나왔을 거야.'

능력치 창을 닫은 민우가 곧바로 포인트 상점을 확인했다.

경기가 끝났을 때엔 아직 상점 갱신까지 시간이 남아 있는 상태였다.

하지만 생각지도 못한 퍼거슨의 방문에 계약에 대한 이야기를 나누고 나니 어느새 상점 갱신 시간이 지난 상태였다.

'계약처럼 포인트 상점도 대박이 터져 줬으면 좋겠는데.'

지난번 상점을 살펴보았을 때는 쓸 만한 스킬이나 아이템이 없었고, 가격도 감당이 안 될 정도로 올라가 있어 아무것도 구입하지 못했었다.

그런 기억이 떠오르자 민우는 잠시 야구의 신에게 기도를 하듯 양손을 모아 쥐어 보인 뒤, 심호흡을 하고는 포인트 상점을 열었다.

'포인트 상점.'

띠링!

—현재 보유 포인트 : 6,085

—포인트 상점을 이용하시겠습니까?

—포인트 상점을 이용하시려면 '상점'을, 포인트 상점을 닫으시려면 '닫기'를 외치십시오.

여태껏 모은 포인트가 6,085포인트나 되는 것을 확인한 민우의 입꼬리가 스윽 올라갔다.

'역시, 퀘스트가 대박은 대박이야. 특히 히든 퀘스트는 정말 예상도 못했는데 덕분에 1,400포인트나 얻을 수 있었어.'

민우는 마법의 드링크를 구입하고 남은 포인트가 정확히 3,635포인트였던 것을 기억하고 있었다.

그리고 두 개의 돌발 퀘스트를 통해 얻은 포인트가 550포인트였고, 두 개의 히든 퀘스트로 얻은 포인트가 1,400포인트였다.

퀘스트로만 포인트를 얻을 수 있었다면 현재 포인트는 6,085가 아니라 5,585포인트였을 것이다.

퀘스트 이외에도 포인트를 얻을 수 있다는 사실을 깨달은 민우는 이후, 경기를 치를 때마다 틈틈이 포인트의 변화를 살펴보기 시작했다.

그리고 대략적으로 어느 부분에서 포인트를 얻을 수 있다는 것을 깨달은 상태였다.

그동안 민우가 알아낸 것은 대략 이러했다.

─안타 하나 당 15포인트.

─2루타 하나 당 30포인트.

─3루타 하나 당 45포인트.

─홈런 하나 당 60포인트.

─타점 하나 당 10포인트.

─득점 하나 당 5포인트.

─도루 하나 당 5포인트.

─볼넷 하나 당 5포인트.

─삼진 하나 당 ─10포인트.

의외인 건 보살 쪽에서는 포인트를 전혀 주지 않는다는 사실이었다.

　'아무래도 보살은 퀘스트랑 지속적으로 연관이 돼서 그렇겠지. 퀘스트에서도 포인트를 받는데 보살에 포인트를 준다는 걸 시스템에서 허용하지 않았다거나.'

　민우의 궁금증은 여기서 그치지 않았다.

　'거기에다 분명 퀘스트를 생각해 보면… 상위 리그로 올라갈수록 보상 포인트가 높아지지 않을까?'

　민우의 생각처럼 사회인 야구에서 퀘스트를 통해 지급받은 포인트의 양과 마이너리그로 넘어온 뒤 퀘스트에서 지급받은 포인트의 양은 유의미한 차이를 보이고 있었다.

　그랬기에 민우의 뇌리에 문득 안타를 때려낼 때 받는 보상 포인트의 양도 달라지지 않을까 하는 의문이 생긴 것이다.

　'더블A로 올라가면 퀘스트에서든 타격에서든 포인트 보상이 더 커지겠지?'

　민우는 잠시 더블A에서 나올 퀘스트를 추측해 보았다.

　하지만 이내 부질없는 짓이라는 것을 깨닫고는 이내 잡생각을 머릿속 한구석으로 밀어버렸다.

　'지금 생각해서 뭐하냐. 가보면 알겠지. 상품부터 확인해 보자. 상점!'

띠링!

—포인트 상점을 이용 중입니다.

—일주일마다 상품의 종류, 가격이 변동됩니다.

—구매하실 상품의 이름과 가격, 사용 조건을 확인하세요.

—포인트 상점에서 구매한 상품의 구매 철회는 불가능합니다.

이제는 익숙해진 상점 이용 알림창을 빠르게 넘긴 민우는 빠르게 특성 강화 상점을 살펴보았다.

'이번엔 얼마냐.'

민우가 찾고 있는 것은 상점이 새로 갱신될 때마다 습관적으로 살펴보고 있는 특성인 '투구 분석관'이었다.

마지막으로 살펴보았을 때는 가격이 47,000포인트를 찍으며 엄청난 가격 상승을 보였었다.

그렇기에 민우는 더 이상 '투구 분석관' 특성에 그다지 큰 기대를 하지 않고 있었다.

'어차피 비쌀 테니까. 내렸으면 좋고, 아님 말고.'

그리고 곧 원하는 것을 발견한 민우의 표정이 묘하게 변했다.

7. 투구 분석관 : 투수의 구종을 예측할 수 있다. —12,000p

지난번 갱신 때, '투구 분석관' 특성을 마지막으로 확인했을 때보다 무려 35,000포인트가 하락한 가격을 보이고 있었다.

'이건 뭐… 관심을 버리니까 싸게 주겠다. 관심을 가져달라. 뭐 이런 건가?'

민우의 머리가 빠르게 돌아가기 시작했다.

'12,000포인트라면 당장은 살 수 없어. 포인트를 하나도 쓰지 않고 일주일간 모은다고 하더라도 모자란 5,915포인트를 모을 수 있을까?'

분명 '투구 분석관' 특성은 매력적이었다.

타자가 투수가 어떤 구종을 던지는지 미리 알 수 있다는 것은 투수가 던지는 공이 어떤 궤적을 그리며 어떤 방향으로 들어오는지를 알 수 있다는 뜻이었다.

타자는 그저 구종에 따라 배트를 돌릴 타이밍을 맞추고 스트라이크존에 들어오는 공을 때려내기만 하면 됐다.

물론, 구종을 알고 친다고 해도 100% 안타가 나올 수는 없지만 2개 중에 하나만 때려낸다고 해도 리그를 평정할 수 있었다.

거기에 대형 계약, 은퇴 후 명예의 전당 입성은 따 놓은 당상이기도 했다.

하지만 당장은 그림의 떡이라는 게 문제였다.

'이거 왠지 날 시험하는 느낌인데?'

민우는 찝찝한 느낌에 미간을 찌푸리며 고민에 빠졌다.

1주일 이내에 포인트를 모으는 도박을 할 것인지, 아니면 포기하고 다른 상품들을 구매할 것인지.

'이번에 모은 포인트가 꽤 많긴 하지만 절반 이상은 히든 퀘스트 보상이었어.'

민우가 히든 퀘스트 보상으로 얻은 포인트는 1,400포인트였다.

히든 퀘스트로 얻은 포인트를 제외한다면 민우가 얻은 포인트는 겨우 1,050포인트에 불과한 상황이었다.

거기에 이번 히든 퀘스트는 돌발 퀘스트와 달리 그 특성 자체가 다른 퀘스트였다.

퀘스트의 요구 조건을 1주일 이내에 다시 달성하는 것은 애초에 불가능했다.

'퀘스트는 힘들고… 파워 능력치를 레어 등급을 찍으면 지난번처럼 업적 달성 보상을 받을 수 있을지도 몰라. 하지만 그래도 한참이나 모자라다.'

결국 하나의 결론에 이른 민우가 고개를 저었다.

'1주일 동안 모자란 포인트를 모을 수 있다는 보장이 없어. 아니. 확률로만 봐도 1% 미만이야. 깔끔하게 포기하자.'

아쉽지만 상점에서 아예 없어지지만 않는다면 언젠가는 다시 저 가격에 나오는 날이 올 것이다.

민우는 이내 '투구 분석관'에 대한 관심을 깔끔하게 거둬들였다.

그리고 시선을 돌려 지금 자신에게 알맞은 특성이 있는지 살펴보기 시작했다.

'흠, 아직 송구에서 문제는 나오지 않았으니 수비 쪽 특성은 필요 없고, 번트를 댈 일도 손가락에 꼽히니 패스하고……'

특성을 하나하나 살펴보던 민우의 시선이 '스나이퍼' 특성의 설명에서 멈춰 섰다.

3. 스나이퍼: 배트의 스위트 스폿이 넓어져 타격 정확성이 높아진다. ─1,600p

'스위트 스폿이 넓어진다라……'

'스나이퍼' 특성의 설명을 살펴본 민우의 머리가 빠르게 돌아가기 시작했다.

타격 시, 스위트 스폿을 벗어난 부위로 공을 때리게 되면 타구에 전달하는 힘에 손실이 생기게 된다.

그 결과로 타구가 멀리 뻗어나가지 못하고 타구의 방향도 어긋나게 되어 결국 좋지 않은 타구를 만들어내는 경우가 발생한다.

그렇기에 배트의 스위트 스폿이 넓어진다는 것은 타자가 자신의 스윙에 담은 힘을 타구에 온전히 전달할 수 있는 부위가 넓어진다는 뜻이었다.

'설명은 간단하지만 이 특성을 장착한다면 엄청난 장점이 될 거야. 문제는 스위트 스폿이 얼마나 넓어지느냐인데.'

민우는 레이더 특성이 등급으로 나누어져 있던 것을 떠올렸다.

"'레이더' 특성도 처음에는 방향을 알려주는 것뿐이었으니까… '스나이퍼' 특성은 등급을 올릴수록 스위트 스폿이 넓어지는 시스템일까?'

민우는 그동안 삼진을 당하거나 범타로 물러났던 타석을 되돌아봤다.

그리고 그런 결과가 나온 공통점은 모두 배트의 스위트 스폿에 맞출 수 없는 위치로 공이 들어왔기 때문이라는 것을 떠올렸다.

'스위트 스폿이 넓어진다는 건 스트라이크존에 걸치는 공에 적당히 대처할 수 있게 된다는 거지. 이 부분에선 '스나이퍼' 특성이 적당한 것 같은데……'

잠시 생각에 빠져 있던 민우가 가격이 적혀 있는 부분으로 시선을 돌렸다.

'가격이… 1,600포인트? 저번보다 많이 내려가긴 했는데. 흠… 살 만할 가격이긴 한데… 일단 킵해놓자.'

당장 살 포인트는 충분했지만 아직 확인하지 못한 특성이 있었기에 민우는 신중하게 선택하기로 결정하고는 눈을 데굴데굴 굴리며 다른 특성을 살피기 시작했다.

'새로 나온 특성은 없나?'

기존에 있던 특성들을 하나하나 살펴봤지만 가격도 가격이

거니와 당장 쓸모가 있는 특성이 보이지 않았다.

기존의 특성을 모두 확인한 민우는 새로이 추가된 특성들을 확인하기 시작했다.

'이건 별로고… 음?'

계속해서 돌아가던 민우의 시선이 한 특성에 이르러 튀어나올 듯이 커졌다.

'논 스핀 히트?'

10. 논 스핀 히트 : 타구를 무회전으로 날려 보낸다. −1,900p

특성의 이름과 설명을 확인하자 민우의 뇌리에 술에 취한 듯 불규칙하게 움직이는 너클볼이 떠올랐다.

그리고 타석에서 때려낸 타구가 불규칙하게 움직이며 날아가 야수의 글러브를 피하는 모습을 상상해 보았다.

'분명 열에 아홉은 잡을 수 없겠지.'

출루가 절실한 상황에서 이 특성의 효과가 발휘된다면 결국 야수 실책을 유도해 출루에 성공할 확률이 높아질 수 있으리라는 생각이 들었다.

'이건 대박… 이 아니구나. 특성엔 등급이 달려있으니까 분명 모든 타구를 무회전으로 날려 보낼 수 있는 건 아닐 거야. 스킬이랑은 다르다.'

잠시 고민하던 민우가 가볍게 고개를 끄덕였다.

'가격이 조금 세긴 하지만 이것도 일단 킵해놓자.'

이후 몇 개의 특성을 더 살펴보았지만 가격이 저렴한 특성은 그다지 쓸모가 없었고, 괜찮아 보이는 특성은 가격이 너무 비싸게 책정이 되어 있었다.

'특성에선 이정도인가.'

특성 확인을 마친 민우는 특성 강화 상점을 종료하고 스킬 상점으로 전환했다.

현재 민우가 보유한 스킬은 '타격의 신'과 '대도' 뿐이었다.

항상 자동으로 적용되는 '타격의 신'은 몰라도, 민우가 스스로 판단하고 적용하는 '대도' 스킬은 쏠쏠한 효과를 보고 있었다.

그렇기에 민우는 대도에 버금가는 또 다른 스킬이 있었으면 좋겠다는 생각을 항상 가지고 있었다.

'타격과 관련된 스킬이 하나 있었으면 좋겠는데… 응?'

빠르게 스킬 상점을 살펴보던 민우의 눈이 한 스킬에 이르러 크게 떠졌다.

'투기 발산?'

지금껏 민우가 상점을 살펴보면서 한 번도 보지 못했던 새로운 스킬이었다.

8. 투기 발산(Active)—2,500p

―경기 당 한 번 사용 가능(체력 10 소모).

　―한 타석에서 효과 적용.

　―상대 투수의 제구와 구속 능력치를 10% 하락시킵니다.

　―상대 투수의 멘탈 등급에 따라 스킬 성공 확률이 달라집니다.

　―비기너 100%, 엑스퍼트 50%, 레어 30%, 유니크 20%, 올스타 10%, 레전드 1%.

　―실패 시 시전자의 체력 10이 추가로 소모됩니다.

　'확률이라니… 스킬은 무조건 적용되는 게 아니었나?'

　기존에 알고 있던 사실과 다른 스킬 설명에 민우가 고개를 갸웃거렸다.

　민우가 보유한 스킬이나 지금껏 스킬 상점 목록에 있던 스킬은 모두 사용 시 즉시 적용이 되는 방식이었다.

　그런데 '투기 발산' 스킬은 설명에 쓰여 있듯이 상대 투수의 멘탈 등급에 따라 확률이 다르게 적용되는 스킬이었다.

　'상대 투수의 능력치를 하락시킬 수 있다는 것만으로도 이 스킬은 아주 유용해. 지금 당장은 정말 유용하게 쓸 수 있을 거야. 하지만 만약 내가 메이저리그에 올라가게 된다면 그 활용 가치가 상당히 떨어지게 될 거야. 거기에 가격도 꽤 비싸기도 하고.'

　민우의 미간에 주름이 잡혔다.

민우는 앞선 두 개의 특성에 '투기 발산' 스킬을 구매하는데 드는 비용을 계산해 보았다.

'정확히 6,000포인트. 내가 가진 포인트가 6,085포인트니까 이 세 가지를 구입하고 나면 남는 포인트는 85포인트뿐이야. 흠… 일단 아이템 상점까지 살펴보고 생각하자.'

민우는 게르마늄 목걸이만큼 실용적인 아이템이 있기를 바랐다.

민우는 가상의 장바구니에 '투기 발산' 스킬까지 담아놓고 빠르게 아이템 상점을 살피기 시작했다.

그리고 하나의 아이템을 발견하고는 황당한 웃음을 지어 보였다.

'이건 좀… 아니지 않나?'

12. 금팔찌―10,000p
―24K 순금을 고도의 기술로 제련하여 장식을 넣어 만든 팔찌.
―아주 특이한 기운을 내뿜어 착용하면 온몸이 상쾌해진다.
―모든 능력치 +5, 체력 +40.

아이템의 능력치는 기존의 어떤 아이템보다 뛰어났다.

하지만 그 가격이 문제였다.

마치 순금이 비싼 건 어디서든 마찬가지라고 말해주는 듯

한 가격이었다.

민우는 결국 고개를 젓고 말았다.

'3,000포인트 정도만 되었어도 특성이나 스킬을 하나 포기하고 포인트를 투자했겠지만, 이건 아니다. 너무 비효율적이야. 다음을 기약하자.'

이 외에는 더 이상 쓸 만한 아이템이 보이지 않자 민우는 깔끔하게 마음을 접었다.

그리고 민우는 과감하게 가상의 장바구니에 담아두었던 특성과 스킬을 빠르게 구매하기 시작했다.

―'스나이퍼'를 구매하였습니다.

―1,600포인트가 소모됩니다.

―현재 보유 포인트: 4,485.

―'논 스핀 히트'를 구매하였습니다.

―1,900포인트가 소모됩니다.

―현재 보유 포인트: 2,585.

―'투기 발산'을 구매하였습니다.

―2,500포인트가 소모됩니다.

―현재 보유 포인트: 85.

구입을 모두 마치자 민우에게 남은 포인트는 겨우 85포인트였다.

'후아, 결국 다 써버렸네.'

이제 남은 포인트로는 마법의 드링크 하나조차 살 수 없었다.

민우의 이런 결정은 처음 포인트 상점이 생겼을 때에 비하면 꽤나 과감한 모습이었다.

'써야 할 때엔 적당히 쓸 필요가 있다는 걸 깨달았으니까.'

이유는 세 가지였다.

민우는 경기를 치르며 자신의 생각보다 포인트가 쌓이는 속도가 빠르다는 것을 깨달았다.

그리고 후반기 들어 겪었던 슬럼프를 탈출할 마땅한 방도가 없어 꽤나 답답한 시간을 보낸 경험까지 있었다.

마지막으로 메이저리그로 올라가기 위해서는 당장 내일부터 더블A에서의 빼어난 활약이 필요했다.

이런 생각의 변화가 민우의 과감한 투자를 가능하게 한 것이다.

'닫기.'

―포인트 상점 이용을 마칩니다.

"후우."

포인트 상점을 닫은 민우가 걸터앉아 있던 자세 그대로 뒤로 누워버렸다.

오늘 단 하루 동안 너무 많은 일이 있었던 것 같은 기분에 살짝 피로가 몰려왔다.

그대로 눈을 감으면 바로 잠에 빠져들 것 같았다.

천장을 멍하니 바라보자 오늘 하루 동안 벌어진 일들이 좌르륵 떠올랐다.

'포수랑 주심한테 한 방씩 먹이면서 복수를 해줬지.'

경기 때의 파울 타구를 떠올린 민우가 피식거리며 웃음을 뱉었다.

'그리고… 퍼거슨이 엄청난 걸 들고 왔지. 100만 달러라니… 내가 그 정도의 가치를 지닌 선수로 성장했다는 말이겠지.'

다시 돌아봐도 정말 엄청난 금액이었다.

자신의 가치를 새삼스레 깨닫자 민우는 처음 자신이 능력을 얻었을 때가 떠올랐다.

'그 야구공을 보지 못했다면… 난 이 자리에 없었을 거야.'

야구공을 통해 능력을 얻으며 민우는 더 쇼 야구단에 들어갈 수 있었고, LC트윈스의 신고 선수 생활을 겪었다. 한국에서 프로야구 선수가 되지는 못했지만 그것이 반등의 기회가 되어 마이너리그 하이 싱글A 리그를 초토화시켰다.

그리고 이제는 정말 메이저리그를 코앞에 두고 있었다.

민우는 가끔 자신이 타석에 들어서는 것이 꿈은 아닐까 하는 생각까지 들 정도였다.

'성민이 형, 박천강 감독님, 길기태 감독님, 나찬엽 코치님, 마크, 브렌트 코치님, 그리고 지금의 동료들……'

민우의 뇌리에 지금껏 인연을 맺은 수많은 사람이 주마등처럼 스쳐 지나갔다.

'이들이 없었다면 나 혼자서는 절대로 이렇게 성장하지 못했을 거야.'

민우는 자신을 여기까지 이끌어준 모두에게 감사한 마음이었다.

민우가 천장을 향해 손을 뻗어 올려 손바닥을 펴보았다.

'그리고 이젠 더블A가 눈앞이야.'

내일 아침, 민우는 식스티 식서스를 떠나 다저스의 더블A 팀인 채터누가 룩아웃츠의 홈구장이 있는 곳으로 가야 했다.

'그리고 9월까지 계약서에 적힌 성적을 기록하면 메이저리그를 밟을 수 있어.'

포인트 상점에서 구입한 특성과 스킬은 민우의 앞길에 많은 도움을 줄 것이다.

잠시 멍한 표정을 짓던 민우의 뇌리에 아버지와 어머니의 얼굴이 떠올랐다.

'아버지. 이 못난 놈이 이제 메이저리그를 눈앞에 두고 있습니다. 어머니께도 효도할 수 있게 되었습니다. 믿어지시나요?'

마음속으로 물음을 던졌지만 대답은 돌아오지 않았다.

하지만 민우의 입가엔 미소가 번지고 있었다.

'꼭 메이저리그로 올라가서 성공하겠습니다. 끝까지 지켜봐 주세요.'

다짐을 한 민우가 하늘로 뻗었던 주먹을 꽉 쥐어 보였다.

*   *   *

짧은 밤이 지나고 아침이 빠르게 밝아왔다.

눈을 뜬지 얼마 되지 않아 민우의 휴대폰에 메시지 한 통이 날아왔다.

─한나 퍼거슨: 계약은 완료됐습니다. 그리고 아침 11시 40분 비행기로 바로 테네시 주 채터누가로 날아가야 합니다.

비행기 표는 구단에서 마련해 줬으니까 10시까지 준비를 마치고 전화를 주시면 제가 바로 경기장으로 가겠습니다.

문자를 확인한 민우는 퍼거슨의 빠른 일 처리에 놀라움을 표했다.

'해가 뜨자마자 구단으로 찾아갔나 보네. 일 처리 하나는 끝내주는군.'

확인했다는 답장을 보낸 민우가 기지개를 펴고는 어제 다하지 못했던 인사를 하러 돌아다니기 시작했다.

처음으로 찾아간 이는 자신의 타격을 돌봐주며 한 단계 업그레이드시켜 준 타격 코치, 브렌트였다.

이미 위에서 연락을 받았는지 브렌트는 민우의 말에 그저 고개를 끄덕이며 기쁜 표정을 지어 보였다.

"정말 축하한다. 사실 이렇게 빨리 올라갈 줄은 몰랐는데 정말 잘해냈다."

민우는 감개무량한 표정으로 그런 브렌트를 바라보고 있었다.

"코치님이 아니었다면 제가 이렇게 성장할 수 없었을 겁니다. 정말 감사드립니다."

민우가 허리를 꾸벅 숙이며 감사를 표하자 브렌트가 놀란 표정을 짓다가 이내 웃음을 보였다.

"한국에서는 그런 식으로 인사를 한다지. 나도 네 성장에 고마움을 느끼고 있다. 내 믿음을 확인시켜 준 네 덕분에 나는 내 신념에 확신을 가질 수 있었거든."

"그게 무엇입니까?"

알쏭달쏭한 말에 민우가 이해가 되지 않는 듯 되물었다.

그 모습에 브렌트가 옅은 미소를 지으며 고개를 저었다.

"그런 게 있다."

브렌트가 민망한 듯 어색한 표정을 지으며 말을 돌리자 민우도 더 이상 물어보지 않았다.

잠시간의 정적 뒤, 브렌트가 민우를 바라보며 천천히 입을 열었다.

"꿈을 꾸는 것은 아무나 할 수 있는 일이다. 하지만 꿈을 현실로 이루어 내는 건 아무나 할 수 있는 일이 아니지. 민우, 넌 야구가 하고 싶어서 이곳으로 온 것일 테고, 네 꿈의 종착지에는 메이저리그가 있겠지."

브렌트의 진지한 눈빛을 느낀 민우가 그 눈을 마주보며 고개를 끄덕였다.

그 모습에 브렌트가 환한 미소를 지어 보였다.

"그래. 내 가르침은 비록 여기에서 끝나지만 그곳에 가서도 부디 좋은 모습을 보여주길 바란다."

민우가 아쉬운 표정으로 고개를 끄덕였다.

"예. 코치님의 가르침을 잊지 않고 꼭 메이저리그까지 올라가겠습니다."

"그래. 꼭 메이저리거가 되어라."

'그래서 내 못다 이룬 꿈을 네가 이루어주거라.'

브렌트는 그 말을 끝으로 민우의 곁을 떠나갔다.

민우는 그 뒷모습을 말없이 지켜보다 천천히 발걸음을 옮겼다.

*   *   *

"이 배신자!"

"혼자서 올라간단 말이지!"

선수들이 득달같이 달려들며 민우의 목을 조르거나 하는 모습을 보이고 있었다.

하지만 민우는 그들의 행동이 자신을 질투하는 것이 아니라 아쉬움의 표현이라는 것을 알고 있었다.

선수들과 가볍게 인사를 마치고 경기장의 입구까지 배웅을 나온 이들은 세릴과 실베리오였다.

"메이저리그에 올라가면 나 잊어버리지 마라."

세릴은 아쉬운 기색을 애써 감추며 민우의 어깨를 가볍게 두드렸다.

"어허헝. 민우가 가면 누가 나한테 예쁜 여자 친구를 만들어주냐. 안 돼! 가지 마!!"

반면, 실베리오는 민우가 아니라 정말 여자 친구를 만들지 못한 것에 아쉬워하는 것 같았다.

그 모습에 민우가 피식 웃음을 보이고 말았다.

민우가 웃음을 보이자 실베리오가 두 눈을 부릅뜨더니 민우에게 괴성을 지르며 달려들었다.

"웃어? 웃음이 나와? 으아아아! 이 좌식아!"

그 모습에 민우가 움찔하는 순간, 실베리오가 민우를 콱 하고 껴안았다.

"그동안 재밌었다."

실베리오의 갑작스런 태도 변화에 잠시 당황한 표정을 지은 민우도 이내 웃음을 보이며 실베리오를 가볍게 끌어안았다.

"그래. 내가 먼저 가 있을 테니까. 다들 뒤처지지 말고 빨리들 따라오라고!"

민우 역시 아쉬움을 감추기 위해 애써 당당한 표정으로 말을 꺼낸 뒤 셰릴과 실베리오를 번갈아 바라봤다.

그 모습에 셰릴이 미소를 보이며 고개를 끄덕였고, 민우에게서 떨어진 실베리오 역시 어색한 웃음을 지어 보였다.

빵빵!

주차장에서 울리는 경적 소리에 민우는 떠날 시간이 되었음을 알았다.

민우가 캐리어의 손잡이를 잡으며 작별 인사를 건넸다.

"그럼 메이저리그에서 만나자."

민우의 인사에 셰릴과 실베리오가 천천히 고개를 끄덕였다.

"메이저리그에서 만나자."

동료들과 인사를 마친 민우는 캐리어를 끌고 퍼거슨의 차에 올랐다.

"인사는 다 했어요?"

퍼거슨의 물음에 민우가 가볍게 고개를 끄덕였다.

"예, 이제 가죠."

민우의 목소리에 아쉬운 기색이 담긴 것을 느낀 퍼거슨이 잠시 민우를 바라보다 고개를 돌렸다.

'어제는 담담한 모습을 보이더니, 아쉬운 건 어쩔 수 없나 보네.'

"그럼, 갈게요."

퍼거슨은 그 말을 끝으로 공항으로 차를 몰기 시작했다.

한 달이라는 짧은 시간이었지만 그동안 수없이 몸을 부대끼며 많은 정이 든 이들을 민우는 쉬이 잊을 수 없었다.

차가 도로에 들어서 속도를 붙일 때까지 민우는 그저 말없이 창밖으로 멀어져 가는 경기장을 바라보고만 있었다.

*　　　*　　　*

5시간에 가까운 비행에 차를 타고 30분을 더 달려서야 눈앞에 큼지막한 경기장이 나타났다.

한참을 달리던 차가 주차장에 이르러서 멈춰 섰고, 길고긴 여정이 끝났음을 알렸다.

"드디어 도착이네요. 여기가 다저스 산하 더블A 팀이자 오늘부터 강민우 선수가 뛰게 될 채터누가 룩아웃츠의 홈구장, AT&T 필드예요."

퍼거슨이 미소를 지으며 가리키는 곳을 바라보자, H빔의 구조물이 투박하게 드러나 있는 경기장이 눈에 들어왔다.

'여기가 내가 앞으로 뛰어야 할 곳……'

민우는 잠시 경기장을 둘러보고는 주먹을 강하게 쥐었다.

'강민우, 열심히 한번 해보자!'

속으로 목표를 되새긴 민우가 캐리어를 끌고 경기장을 향해 천천히 발걸음을 옮겼다.

제2장

더블A—채터누가 룩아웃츠

구단 사무실 입구에 도착한 두 사람은 잠시 발걸음을 멈췄다.

"제 역할은 여기까지예요."

퍼거슨이 민우를 바라보며 하는 말에 민우가 고개를 끄덕거렸다.

"이렇게 먼 거리인 줄은 미처 몰랐는데, 여기까지 직접 데려다 주셔서 정말 감사합니다."

민우의 감사 인사에 퍼거슨이 방긋 웃어 보였다.

"제가 저번에 말씀드리지 않았던가요? 강민우 선수는 경기에만 신경 쓰면 된다고 말이죠."

그 말에 민우가 잠시 기억을 더듬는 듯하더니 퍼거슨의 말이 떠오른 듯 살짝 웃음을 보이며 고개를 가볍게 끄덕였다.

"그랬었지요. 에이전트가 있다는 건 참 좋은 거군요."

"그렇죠? 후후."

민우의 모습에 퍼거슨이 옅게 웃으며 마주 고개를 끄덕거린 뒤, 민우가 해야 할 일을 다시 한 번 되새겨 주기 시작했다.

"그럼, 그 말대로 강민우 선수는 앞으로도 경기에만 집중해 주세요. 아시겠지만 이 이후부터는 강민우 선수가 어떻게 하느냐에 따라 그 결과가 달라지는 거예요. 강민우 선수가 지금까지의 모습을 더블A에서도 보여준다면 9월엔 마이너리그가 아니라 메이저리그에서 모두의 선망 어린 눈빛을 받으며 경기장 위에 서 있는 스스로의 모습을 볼 수 있을 겁니다."

퍼거슨의 말에 민우가 진지한 표정으로 퍼거슨을 바라보며 고개를 끄덕였다.

"지켜보시죠. 여기서 굴하지 않고 메이저리그에 선 제 모습을 보여드리겠습니다."

"네. 그럼, 열심히 하시고 제가 필요할 땐 언제든지 연락주세요."

퍼거슨이 그 말을 끝으로 손을 내밀며 악수를 청했다.

이에 민우도 마주 손을 내밀어 퍼거슨의 손을 잡고 흔들었다.

"알겠습니다. 조심해서 돌아가세요."

마지막 인사를 나눈 뒤 퍼거슨은 이내 시야에서 멀어져 갔다.

잠시 그 모습을 바라보던 민우가 몸을 돌려 사무실로 통하는 문을 천천히 잡아당겼다.

끼이익.

사무실 안으로 들어서자 각자의 자리에서 키보드를 두드리거나 서류를 정리하는 인영들이 눈에 들어왔다.

그리고 그 사이로 통로에 서 있던 한 남성이 민우를 발견하고는 미소를 지으며 다가왔다.

"어떻게 오셨습니까?"

후덕한 인상에 순한 눈웃음을 지어 보이는 남성의 물음에 민우가 서류를 내밀며 자신을 소개했다.

"오늘부로 채터누가 룩아웃츠와 선수 계약을 맺은 강민우라고 합니다."

민우의 소개에 서류를 받아 든 남성이 잠시 서류를 살펴보고는 이내 환한 미소를 지으며 민우를 바라봤다.

"아! 자네가 이번에 합류하기로 한 강민우 선수로군! 반갑네! 생각보다 일찍 왔군그래! 미리 연락을 줬으면 마중을 나갔을 텐데 말이야."

민우를 반기는 남성의 목소리엔 민우의 합류에 진심으로 기뻐하는 것같이 느껴졌다.

그 환대에 민우는 내심 얼떨떨한 느낌을 받고 있었다.

민우는 로빈슨을 대신해 임시로 중견수를 맡고 있는 선수가 있다고 들은 것이 전부였기에 도대체 채터누가의 외야진이 어느 정도의 상황이기에 저런 반응을 보이는 것인지 궁금해지기 시작했다.

'이렇게 날 반길 줄은 몰랐는데. 이렇게 반길 정도라면… 외야 사정이 심각하게 좋지 않은 건가?'

잠시 생각을 하던 민우가 이내 남성의 말에 화답했다.

"아, 괜찮습니다. 제 에이전트가 잘 챙겨주어서 불편함 없이 왔습니다."

민우의 대답에 웃으며 고개를 끄덕인 남성이 이내 민우에게 손을 내밀었다.

"그렇다면 다행이네. 아, 내 소개를 아직 하지 않았군. 정식으로 인사하지. 내가 채터누가의 단장, 리치 모징고일세."

남성이 단장이라고는 예상하지 못했던 민우의 눈이 놀라움에 크게 뜨여졌다.

'이 아저씨가 단장이라고?'

잠시 멍하니 그를 바라보던 민우가 급히 손을 내밀어 그 손을 맞잡고 흔들었다.

"아, 반갑습니다. 처음 뵙겠습니다."

악수를 마친 뒤, 민우의 어색한 표정을 본 모징고가 입꼬리를 씨익 말아 올리며 민우의 어깨를 두드렸다.

"하하. 뭘 그리 놀라나? 단장 처음 보나?"

"아, 예. 사실 처음입니다."

'첫 인상이 블랙웰처럼 구단 직원인 줄 알았거든요.'

후덕하고 순한 인상을 가진 모징고는 조금은 편해 보이는 면바지에 푸른 티셔츠를 입고 있었다.

그런 모징고의 인상은 민우의 뇌리에 무의식적으로 자리 잡고 있는, 왠지 날카롭고 냉철할 것 같은 단장의 이미지와는 거리가 꽤나 멀어 보였다.

민우가 긍정의 대답을 하자 오히려 민망해진 것은 장난을 쳤던 모징고였다.

"아, 그런가? 허허. 식스티 식서스의 단장은 본 적이 없나 보군?"

모징고의 물음에 민우가 고개를 끄덕거렸다.

"예, 구단에 입단하고 다시 떠날 때까지 한 번도 얼굴을 본 적이 없습니다."

"그렇군. 뭐, 그게 중요한 건 아니니까. 중요한 건 자네가 우리 채터누가에서도 좋은 모습을 보여주는 거지. 이보게, 우드."

민우에게 웃음을 보이며 당부의 말을 덧붙인 모징고가 누군가를 불렀다.

"예, 단장님."

"강민우 선수에게 구장 시설을 알려주고, 숙소까지 안내 좀 부탁하겠네."

모징고의 말에 우드가 흔쾌히 고개를 끄덕였다.

"알겠습니다."

"그럼, 강. 다음에 또 보지. 앞으로 우리 채터누가의 외야를 잘 부탁하네."

우드에게 민우를 맡긴 모징고가 손을 흔들어 보이고는 사무실 안쪽으로 걸음을 옮겼다.

그 모습을 잠시 바라보던 민우에게 우드가 손을 내밀었다.

"반갑군! 우드라고 한다."

그 모습에 민우가 빠르게 손을 내밀어 우드와 악수를 나눴다.

"반갑습니다. 강민우입니다."

"이쪽으로 따라와라."

민우의 인사에 고개를 끄덕인 우드가 앞장서 걸어가기 시작했다.

우드는 모징고와는 달리 뱃살이 전혀 나오지 않아 건강하다는 인상을 보이고 있었다.

그에 더해 날카로운 눈매를 가지고 있었기에 그 이미지만으로 볼 때 민우에게는 모징고보다 우드가 단장에 더 가까워 보였다.

우드는 무뚝뚝한 목소리로 사무실 이곳저곳에 자리한 각종 시설들을 빠르게 설명해 주기 시작했다.

"여기가 가장 중요한 영상 분석실. 궁금한 게 있다면 언제든지 물어보고, 여기는 휴게실, 여기는… 마지막으로 여기는 감독실이다."

순식간에 설명을 마친 우드는 민우를 이끌고 빠르게 걸음을 옮겨 사무실을 빠져나왔다.

밖으로 나오자마자 우드는 민우에게 곧장 질문을 던졌다.

"우리 팀에 대해서 얼마나 알고 있지?"

우드의 물음에 민우가 잠시 생각에 잠겼다.

민우가 합류하게 된 채터누가 룩아웃츠는 더블A 리그 중 서던 리그(Southern League)의 북부 리그에 속해 있는 팀이었다.

서던 리그는 하이 싱글A와는 약간의 일정의 차이가 있었기에 올스타전은 7월 12일에 열릴 예정이었다.

그렇기에 하이 싱글A와는 다르게 아직 전반기가 진행 중이었다.

전반기 종료까지는 9경기가 남은 상태였는데, 채터누가 룩아웃츠는 현재 1위인 테네시 스모키스에게 한 경기 차로 1위를 빼앗긴 채 2위에 자리를 잡고 있는 상태였다.

'로빈슨의 부상으로 센터라인에 구멍이 생긴 것도 순위가 떨어진 원인 중 하나겠지.'

"아직 전반기가 진행 중이고, 채터누가는 현재 리그 2위에 랭크되어 있는 상태라고 들었습니다. 1위와는 한 경기 차이구요."

민우의 간결한 대답에 고개를 끄덕인 우드가 민우에게 구단에 대해 하나하나 이야기해 주기 시작했다.

"알 만한 사항은 다 알고 있는 듯하니, 현재 상황만 간략히 이야기해 주지. 지금 우리 팀은 헌츠빌 스타즈와 원정 3연전에 나가 있는 상태다. 그래서 코칭스태프와 선수들은 내일 밤 늦게나 홈으로 돌아올 예정이고. 네가 정식으로 인사를 나누는 것은 아마 모레 아침이 될 거야."

우드는 말을 끝내며 민우에게 팀의 일정표가 담긴 카드를 내밀었다.

"그렇군요."

카드를 건네받은 민우가 고개를 끄덕이며 대답하자 우드가 계속해서 말을 이어나갔다.

"같은 이유로 홈에 남아 있는 선수는 부상을 당한 선수들뿐이다. 마이너리그의 로스터는 항상 부족하니까. 뭐, 어차피 같은 숙소를 사용하다 보면 자연스레 마주칠 테니 그들과 먼저 인사를 나누고 친해지는 것도 나쁘지는 않을 거야."

우드의 말에 민우의 뇌리에 로빈슨이 떠올랐다.

'로빈슨의 부진과 부상이 내가 더블A로 빠르게 승격하게 된 이유겠지. 어떤 녀석일지 궁금하네.'

"우리 팀의 외야가 상당히 불안하다는 점은 익히 들어 알고 있겠지?"

"예. 특히 중견수 공백이 문제라고 들었습니다."

민우의 대답에 우드가 천천히 고개를 끄덕였다.

"그래서 더더욱 너에게 거는 기대가 크다. 식스티 식서스에서의 활약은 익히 들었으니까."

우드의 말에 민우가 의외라는 표정을 지어 보였다.

'하이 싱글A에서 있었던 일들을 알고 있다는 건가? 팀에 적응을 잘 하라는 의미의 립 서비스인 건가?'

그런 민우의 반응을 모르는 듯, 말을 내뱉은 우드가 빠르게 발걸음을 옮겼다.

그 모습에 민우가 덩달아 급히 그 뒤를 따랐다.

'뭐가 이리 급한 거야. 천천히 알려줬으면 좋겠는데, 원래 저런 사람인가?'

"마지막으로 우리 구장의 그라운드를 보여주지. 우리 팀에서 뛸 선수라면 구장에 대해 알아두는 것은 무엇보다 중요하니까."

뒤도 돌아보지 않은 채 빠르게 몇 마디를 내뱉은 우드는 여전히 빠른 걸음을 유지한 채 한 방향으로 걸어가기 시작했다.

민우가 덩달아 그 뒤를 급히 따르자 이내 눈앞에 뻥 뚫린 통로 밖으로 초록빛의 그라운드가 보였다.

"전체적으로 보기에는 관중석에서 보는 것이 낫지. 이곳이 바로 우리 채터누가 룩아웃츠의 홈구장, AT&T 필드의 그라운드다."

우드의 설명에 민우가 천천히 그라운드를 훑어보기 시작했다.

AT&T 필드는 약간 독특한 구조를 가지고 있었다.

전광판은 좌중간 펜스 위에 자리를 잡고 있었고, 좌측 관중석은 내야 라인에서 잘린 모습인데 반해, 우측 관중석은 외야 펜스 너머까지 자리를 잡고 있는 독특한 모습이었다.

좌측 펜스는 330피트(100.5m), 중앙 펜스는 400피트(122m), 우측 펜스는 325피트(99m)의 크기를 가지고 있었다.

특이한 점은 모든 펜스에 광고판이 두 줄로 나열되어 있어 그 높이가 거의 6m는 되어 보이는 점이었다.

'펜스까지의 거리가 짧은 대신, 펜스 높이를 높였다는 뜻이지. 잡을 수 없는 높이라면 펜스 플레이를 어떻게 하느냐에 따라 2루타도 단타나 혹은 2루에서 잡아낼 수 있을지도 몰라.'

외야를 살피던 민우가 시선을 돌려 홈 플레이트 뒤쪽 백스톱을 살폈다.

'홈 플레이트에서 백스톱까지 거리는 대략 8미터 정도… 이 정도면 스트라이크 낫아웃으로 공이 뒤로 빠졌을 때 살아남기도 훨씬 수월하겠어. 주루 플레이도 꽤나 여유가 있을 거고.'

민우가 고개를 끄덕이며 구장의 구조를 세심하게 살피는 모습을 본 우드의 눈빛이 묘하게 빛났다.

'기본자세는 되어 있군. 괜히 식스티 식서스에서 엄청난 활약을 보여준 것이 아니라는 증거이기도 하겠지.'

우드는 채터누가에서 나고 자란 이 지역 토박이로 어릴 적부터 채터누가의 경기를 보며 야구를 알게 되었고, 야구를 사랑하기 시작하여 채터누가의 팬으로 자라온 이였다.

겉으로 보이는 날카로운 이미지와는 달리 속마음은 누구보다 채터누가를 사랑하는 인물이기도 했다.

그렇기에 채터누가의 직원이 된 이후로 누구보다 채터누가의 선전을 바랐고, 소속 선수들이 멋진 모습을 보여주기를 바라왔다.

채터누가를 거쳐 간 선수가 메이저리거가 되는 모습에 누구보다 기뻐한 이가 바로 우드였다.

그리고 싱글A에서 활약을 보이던 로빈슨이 채터누가에 합류했을 때, 그 누구보다 기뻐한 것이 바로 우드였다.

싱글A에서의 모습을 채터누가에서도 보여준다면 채터누가의 센터라인은 한동안 걱정이 없으리라는 생각이 들었기 때문이다.

하지만 우드의 기대와는 달리 로빈슨은 더블A에 오면서 그 성장세가 무뎌지는 듯한 모습을 보이기 시작했고, 설상가상으로 햄스트링 부상까지 당하며 우드에게 실망을 가득 안겨준 상태였다.

그런 와중에 하이 싱글A에서 활약하고 있던 민우가 로빈슨의 공백을 메우기 위해 채터누가에 합류하게 되었다는 소식을 듣고는 팀의 1위 탈환에 실낱같은 희망을 가지게 되었다.

'저 녀석이 합류하면서 식스티 식서스가 엄청난 반전을 보였고, 단 한 달 만에 1위 자리를 탈환했다고 했지?'

우드는 신뢰감이 담긴 눈빛으로 경기장을 살펴보고 있는

민우의 뒷모습을 바라봤다.

'강민우의 활약에 비하면 로빈슨의 무용담은 평범한 수준으로 전락할 정도니까. 부디 더블A에서도 식스티 식서스에서 보여주었던 좋은 모습을 이어가 주길 바란다.'

약간의 시간이 지난 뒤, 민우가 경기장을 다 살펴본 듯하자 우드가 민우를 바라보던 눈빛을 감추고 예의 날카로운 눈빛을 보였다.

"다 봤으면 이제 숙소를 안내해 주겠다. 따라오도록."

일방적인 통보와 함께 몸을 돌려 빠르게 움직이는 우드의 모습에 민우가 급히 발을 옮겨 그 뒤를 따랐다.

'이제 갓 합류한 사람한테 왜 이렇게 무뚝뚝하데. 블랙웰이 그립구만.'

속으로 가볍게 투덜거리는 사이, 경기장에서 걸어서 얼마 떨어지지 않은 한 건물에 도착한 우드가 건물 안으로 곧장 들어서며 설명하기 시작했다.

"여기가 채터누가의 선수들이 사용하는 건물이다. 모든 편의 시설은 1층에 있고, 2층부터는 선수들의 숙소가 있다."

빠르게 설명을 이어가는 우드의 말에 민우의 눈도 덩달아 빠르게 1층을 훑어갔다.

이윽고 설명을 마친 우드가 키 하나를 민우에게 내밀며 배정된 방을 알려주었다.

"너는 310호를 사용하면 된다."

민우가 키를 받아들자 우드가 천천히 말을 이었다.

"공식 훈련 시간을 제외하고는 모든 훈련은 자율이다. 쉬고 싶다면 쉬어도 상관없다는 뜻이지. 하지만 그 결과가 어떻게 나오던지 스스로가 책임을 져야 한다는 것 또한 잘 알고 있으리라 생각한다."

우드의 말에 민우는 뇌리를 스치는 말을 떠올리고는 고개를 끄덕였다.

'브렌트 코치님도 같은 말씀을 하셨었지. 마이너리그는 방목이 모토라고 말이야.'

"예. 무슨 말씀인지 알겠습니다."

우드는 민우의 대답에 가볍게 고개를 끄덕였다.

"다만, 오늘은 장시간 비행으로 피곤할 테니 훈련을 할 생각이라면 러닝 이상은 접어두는 게 좋을 거야. 무리하지 말고 푹 쉬도록 해라."

마지막 말을 전한 우드가 빠르게 몸을 돌려 숙소를 빠져나갔다.

민우는 그런 우드의 뒷모습을 아리송한 눈빛으로 바라봤다.

'뭐지? 차갑지만 한편으론 따뜻한 사람인 것 같은 이 느낌은 뭐지?'

민우는 우드가 구장 시설과 숙소를 안내해 주며 민우가 모르는 사실을 세세히 알려주고 민우에게 필요한 조언까지 해준

점을 상기시키고는 묘한 표정을 지으며 자신의 숙소로 발을 옮겼다.

달칵.

끼이익!

숙소의 문을 열고 들어선 민우의 눈에 식스티 식서스의 숙소와 별반 다르지 않은 간소한 가구들이 들어찬 방의 모습이 들어왔다.

'오늘부턴 여기가 내 집이구나.'

천천히 안으로 들어서자 한 쪽 벽에 걸린 유니폼이 보였다.

'다저스의 유니폼이랑 별 차이가 없네?'

유니폼은 각각 다른 색상으로 총 두 벌이 걸려 있었는데, 한 벌은 상의와 하의가 모두 흰색으로 이루어져 있었고 다른 한 벌은 상의는 파란색, 하의는 하얀색으로 이루어져 있었다.

그리고 오른쪽 팔 부분에는 LA다저스의 마크가, 왼쪽에는 팀 로고가 박혀 있었고 가슴팍에는 룩아웃츠(Lookouts)라는 글자가 선명히 그려져 있었다.

'유니폼이 우스꽝스러운 팀도 있다던데, 깔끔하고 좋네.'

그리고 등 뒤에는 73번이라는 등 번호와 함께 'KANG'이라는 글자가 자리를 잡고 있었다.

가끔 원래 쓰던 등 번호를 다른 선수가 사용하고 있어 다른 번호를 사용해야 하는 경우가 있다는 이야기를 종종 들었던 민우였기에 다행이라는 듯 옅은 미소를 보였다.

'내겐 의미가 있는 번호이니까. 계속 달 수 있어서 다행이다.'

잠시 유니폼을 이리저리 살펴본 민우가 고개를 끄덕이고는 이내 침대에 털썩하며 몸을 뉘였다.

'휴, 미국으로 올 때도 그랬지만 은근히 피곤하네. 이래서 사람들이 퍼스트 클래스를 그렇게 선망하는 건가.'

비좁은 이코노미석에 5시간 가까이 갇혀 있었던지라 침대에 몸을 뉘이자 피로감이 급격히 몰려왔다.

시야에 표시된 체력에는 크게 문제가 없었지만, 체력과는 별개의 컨디션 쪽의 문제인 듯했다.

잠시 눈을 감고 있던 민우는 무언가 생각난 듯 퍼뜩 눈을 떴다.

'그러고 보니, 브렌트 코치님의 버프랑 퀘스트는 어떻게 되는 거지?'

민우가 빠르게 시야의 우측에 자리한 버프 목록을 확인하고는 안도의 한숨을 내쉬었다.

'호감도가 70 이상으로 유지되는 동안은 버프가 유지된다고 하더니, 리그가 바뀌어도 상관이 없는 건가 보네.'

민우의 시야에 브렌트의 버프는 아직 유효한 상태였다.

마지막 대화에서 보였던 브렌트의 모습을 볼 때, 쉬이 사라질 것 같지는 않았다.

'버프는 그렇다 치고… 퀘스트는 어떻게 되는 거지? 이제

더 이상 하이 싱글A에서 뛸 일은 없는데…….'

분명 퀘스트 설명에는 기간이 시즌 종료까지라고 명시가 되어 있었다.

하지만 민우가 다시 하이 싱글A로 돌아가지 않는 이상 그 성적에 변화가 생길 일은 없었다.

잠시 고민에 빠져 있던 민우가 문득 무서운 상상을 하고는 몸을 떨었다.

'에이 설마… 하이 싱글A로 다시 떨어질 거라고 가정하는 건 아니겠지.'

잠시 떠오른 망상을 지워 버린 뒤, 머리를 싸매고 고민해 보았지만 아무리 생각해도 퀘스트에 대한 알림창이 뜨지 않은 이유가 딱히 떠오르지 않았다.

'아쉽네. 보상이 진짜 짭짤했는데.'

아쉬움이 밀려왔지만 딱히 이유라고 할 만한 것이 추측이 되지 않았기에 민우는 결국 생각을 접어버렸다.

민우는 관심을 돌려 휴대폰을 통해 채터누가 외야수들의 성적을 찾아보기 시작했다.

―좌익수 램보, 0.271, 2홈런.

―우익수 샌즈, 0.280, 8홈런.

―2루수&중견수 헤레라, 0.238, 1홈런.

―중견수 로빈슨 0.300, 5홈런.

'모징고 단장님이 날 보고 그렇게 격하게 반긴 이유가 이거 였구나. 그나마 3할을 넘긴 것도 부상으로 빠진 로빈슨이 유일하고.'

모징고 단장이 민우를 보자마자 환한 미소를 보인 이유가 확실하게 밝혀지자 민우가 고개를 끄덕였다.

채터누가의 로스터에 외야수로 등록된 인원은 램보, 샌즈, 로빈슨 3명이 전부였다.

헤레라는 내야수로 등록이 되어 있는 상태였다.

마이너리그의 열악한 선수 상황을 여실히 보여주는 결과라고 할 수 있었다.

한 명 한 명의 성적을 확인한 민우가 고개를 절레절레 저었다.

'똑딱이도 아니고, 공갈포도 아닌데, 전문 외야수도 아니고. 이거 총체적 난국이었겠어.'

양측 외야수의 성적은 평범한 수준이었지만 로빈슨의 부상으로 임시 중견수를 맡았던 헤레라의 성적은 참혹한 수준이라고 할 수 있었다.

퍼거슨의 말대로라면 로빈슨의 햄스트링 부상은 회복까지 1개월은 걸릴 것 같았고, 헤레라는 민우의 합류로 자연스레 백업 2루수로 돌아갈 듯 보였다.

민우의 입장에서는 주전 중견수로 거의 무혈입성을 하는 것이나 마찬가지였다.

'이런 기회는 흔치 않을 거야. 아무리 내가 하이 싱글A에서의 성적이 좋았다고 해도, 로빈슨이 부상으로 빠지지 않았다면 쉬이 주전 자리를 꿰차지 못했겠지. 로빈슨이 복귀하기 전에 기반을 단단히 다져놔야 한다. 그러기 위해선 역시 성적으로 말을 해야겠지.'

민우는 하루 빨리 팀에 합류에 경기를 뛰고 싶은 욕구가 마음 한구석에서 솟아오르는 것이 느껴졌다.

*　　　*　　　*

이틀이라는 시간은 빠르게 흘러갔다.

그사이, 민우는 경기에 뛰지 못하는 것에 몸이 근질거리는 것을 새삼 느끼며 실내 훈련장에서 홀로 타격 연습을 하며 시간을 보냈다.

혹시나 숙소에서 로빈슨이나 다른 부상 선수를 만나지는 않을까 생각했지만 누가 부상 선수 아니랄까 봐 훈련장에는 코빼기도 보이지 않았기에 아무도 만나 보지 못한 상태였다.

그리고 이틀 뒤인 일요일 아침이 되어서야 민우는 선수들의 얼굴을 볼 수 있었다.

더그아웃에 하나둘 나타나기 시작한 선수들은 채터누가의 유니폼을 입은 채 경기장을 돌고 있는 민우의 얼굴을 보고는 자기들끼리 속닥거리기 시작했다.

"이봐, 램보. 저기 저 녀석 좀 봐. 못 보던 녀석인데."

약간은 마른 체형의 흑인 선수의 말에 램보라 불린 건장한 백인 선수가 고개를 돌려 민우를 바라봤다.

"KANG? 처음 들어보는 이름인데. 새로 온 녀석인가?"

외야를 향해 달려가고 있는 민우의 등 뒤에 박힌 이름을 겨우 읽은 램보의 반응에 그 옆에 있던 다른 선수가 고든을 바라봤다.

"그런가 본데? 고든. 네가 가서 한 번 물어봐봐."

"흠, 그럴까?"

미소를 띤 채 램보를 바라본 고든이 흥얼거리며 민우를 향해 천천히 달려갔다.

"헤이, 강!"

민우는 자신을 부르며 어느새 곁에서 나란히 달리기 시작한 흑인 선수를 바라봤다.

"안녕, 난 고든이야. 팀에서 유격수를 맡고 있지."

달리는 와중에 여유 있는 모습으로 손을 내미는 고든의 모습에 민우도 손을 내밀었다.

"난 강민우야. 민우라고 불러주면 돼. 오늘부터 채터누가에 합류하게 됐고, 포지션은 중견수야."

민우의 간결한 자기소개에 고든이 '아하' 하는 표정을 지어보였다.

"민우! 반가워! 네가 그 유명한 사이클링 히트를 기록한 녀석이구나!"

고든의 반응에 민우가 고개를 갸웃거렸다.

"유명한?"

"응. 4할 타자에 사이클링 히트를 기록했다며. 실베리오한테 네가 합류할 거라고 연락을 받았거든."

고든의 입에서 전혀 예상치 못한 인물의 이름이 나오자 민우가 놀란 표정을 지어 보였다.

"실베리오를 알아?"

민우의 물음에 고든이 씨익 웃으며 고개를 끄덕였다.

"물론이지. 여기 있는 선수들은 거의 대부분이 식스티 식서스를 거쳐서 올라온 선수들이니까. 연식이 오래된 애들 말고는 대부분 다 아는 사이라고."

고든의 말에 민우가 이해했다는 표정을 지어 보였다.

'그렇겠네. 내가 식스티 식서스에 합류하기 전에 승격한 선수들도 있을 테니까.'

그런 민우를 바라보던 고든은 어느새 더그아웃이 가까워지자 손가락으로 더그아웃을 가리켰다.

"더그아웃에 다른 선수들도 있는데, 인사하러 가자. 내가 소개해 줄게."

고든의 말에 민우가 가볍게 고개를 끄덕이며 더그아웃 쪽으로 방향을 틀었다.

더그아웃에 가까워지자 꽤 많은 선수가 자리에 앉아 수다를 떨고 있는 모습이 보였다.

민우보다 한발 앞서 더그아웃에 도착한 고든이 선수들에게 민우를 소개하기 시작했다.

"다들 여기 좀 봐봐. 이쪽은 강. 우리 채터누가의 중견수 공백을 메워주기 위해 식스티 식서스에서 올라왔데."

"다들 반가워. 난 강민우라고 한다. 고든이 말했다시피 포지션은 중견수야. 앞으로 잘 부탁한다."

민우의 인사에 선수들이 웃음을 보이며 하나같이 반갑게 인사를 건네왔다.

"난 램보. 좌익수를 맡고 있지. 우리 팀에 중견수가 새로 온다는 소문이 있었는데 그게 너였구나."

"샌즈라고 불러줘. 우익수야. 4할에 사이클링 히트를 기록했다던 녀석이 누군가 했는데, 이렇게 눈앞에 나타나다니. 후후, 잘해보자고."

선수들과 정신없이 인사를 나누다 보니 어느새 코칭스태프도 하나둘 나타나 민우와 인사를 나눴다.

"반갑네. 투수 코치인 척일세."

"어서 오게. 타격 코치 프랭클린이네."

민우가 선수들, 코칭스태프와 안면을 트는 사이 채터누가의 감독, 카를로스 수베로가 더그아웃에 들어섰다.

수베로는 황색에 가까운 피부색에 커다란 코를 가진, 전형적인 남미 계열의 외모를 가진 이였다.

선수들과 수다를 떨던 고든이 그를 먼저 발견하고는 반갑게 인사를 건넸다.

"감독님 오셨습까!"

고든의 격의 없는 인사에 수베로의 미간에 주름이 잡혔다.

그 모습을 발견한 고든이 '이크' 하는 표정으로 잽싸게 민우를 그 앞으로 대령했다.

"감독님, 드디어 저희의 중견수를 맡아줄 구원자가 왔습니다."

고든의 입에서 '중견수'라는 말이 나오자 수베로의 관심은 고든에게서 민우에게로 빠르게 넘어갔다.

"중견수? 네가 이번에 채터누가에 합류하기로 했다던 강민우인가?"

수베로의 물음에 민우가 천천히 고개를 끄덕이며 대답했다.

"예, 이번에 채터누가에 합류하게 된 강민우라고 합니다. 잘 부탁드립니다."

민우의 인사에 수베로의 눈빛이 살짝 가늘어졌다.

'이 녀석이로군. 이번에 다저스가 100만 달러짜리 계약을 맺었다는 녀석이.'

수베로는 민우의 몸을 위아래로 빠르게 훑어보았다.

'체격도 좋고, 몸도 탄탄해 보이는군. 눈빛도 나쁘지 않아.'

선수들과 달리 수베로 감독은 민우의 합류에 대해 미리 언질을 받은 상태였다.

민우가 식스티 식서스에서 합류 한 달 만에 4번 타자의 자리를 꿰차며 4할 타율에 두 자릿수 홈런을 때려냈고, 수비에서도 월등한 모습을 보여 5툴 플레이어의 자질이 있다는 사실도 알고 있었다.

하지만 수베로 감독은 기록만 가지고 선수를 판단하는 사람이 아니었다.

그가 가장 중요시하는 것은 선수의 야구를 향한 열정과 인성이었다.

'야구는 신성한 운동이야. 아무리 실력이 뛰어나다고 해도 인성이 제대로 갖춰지지 않은 녀석은 필요 없다.'

그는 한 경기에 4안타를 때려낸 선수가 기고만장하여 훈련에 제대로 임하지 않는 모습을 보이면 팀 분위기를 해친다는 이유로 다음 경기에서 바로 라인업에서 제외하는 초강수를 두는 것으로 유명했다.

반면 플라이 볼을 치더라도 최선을 다해 1루까지 달려가는 선수라면 몇 경기 부진한 성적을 보이더라도 다음 경기에서 주전으로 기용하는 모습을 보였다.

'열정이 있는 선수야말로 어둠 속에서 빛을 발하는 법이니까.'

이런 수베로 감독의 지휘 아래 현재 주전 로스터에는 시즌 타율은 2할대임에도 득점권 상황에서는 시즌 타율보다 높은 타율을 보이는 선수들이 주전을 맡고 있었고, 시즌 중에 문제를 일으키는 선수는 단 한 명도 없는 상태였다.

채터누가의 모징고 단장의 지지 아래 이런 수베로 감독의 스타일은 점점 빛을 보기 시작했고, 이번 시즌도 전반기 중반까지만 해도 1위를 달리며 순항을 이어갔었다.

'후, 문제는 센터를 책임져야 할 로빈슨이 부상을 당했다는 거지.'

수베로의 걱정은 바로 팀의 주전 중견수였던 로빈슨의 부상 공백이었다.

보통 야구의 수비는 센터라인(포수-투수-유격수-중견수)의 선수들의 역할이 가장 중요하다고 알려져 있는데, 센터 포지션에 공이 가장 많이 머무르며 경기에서 차지하는 비중이 크기 때문이다.

그렇기에 이 센터라인이 수비의 중심을 잘 잡아줘야 수비 조직력이 강화되고, 쉽게 무너지는 모습을 보이지 않기에 강팀으로 거듭날 수 있는 것이다.

하지만 마이너리그는 그 특성상 핵심 포지션을 맡은 선수가 부상을 당하면 그 자리를 대체할 선수가 마땅치 않았다.

특히 부상을 당한 선수가 주전급 선수라면 더더욱 문제가 생기는 것이 마이너리그였다.

채터누가 역시 준수한 타격에 빠른 발을 이용해 넓은 수비 범위를 보여주던 로빈슨의 부상으로 중견수 수비에 구멍이 생기며 1위 수성에 적지 않은 타격을 받은 상태였다.

임시방편으로 헤레라가 중견수를 맡아 최선을 다했지만 공수 양면에서 지속해서 구멍을 보였고, 결국 채터누가는 시즌 종료를 코앞에 둔 상태에서 테네시 스모키스에 1위를 빼앗기고 말았다.

'헤레라는 발이 그리 빠른 편이 아니니까. 의욕에 비해 아쉬운 모습을 많이 보였지.'

이처럼 중견수를 맡아줄 선수가 마땅치 않은 상황에서 민우의 합류는 채터누가의 1위 탈환에 큰 도움이 될 터였다.

하지만 수베로는 쉬이 마음을 놓을 생각이 없었다.

'식스티 식서스와 채터누가는 다른 팀이다. 로빈슨도 식스티 식서스에서는 3할 중후반의 타율을 기록한 적이 있었지. 이 녀석이 그곳에서 엄청난 활약을 보였지만 그건 식스티 식서스에서의 활약이다. 이곳은 한 단계 더 높은 리그야.'

수베로는 자신의 눈으로 민우의 실력과 인성을 직접 확인하고 싶었다.

'실력이 월등히 뛰어난 녀석들은 위아래를 모르고 자기 잘난 맛에 사는 경우를 종종 보아왔으니 일단 확인해 보는 게 좋겠지.'

생각을 마친 수베로가 천천히 손을 내밀었다.

"내가 채터누가의 감독, 수베로라고 한다."

민우가 그 손을 잡고 흔들자 고개를 끄덕거린 수베로가 곧장 선수들의 훈련을 지시하기 시작했다.

"다들 빠르게 웜 업을 하고 곧장 훈련에 들어갈 테니 그리 알도록. 자자, 다들 빠르게 움직여라."

수베로의 지시에 선수들은 익숙하다는 듯 빠르게 흩어지기 시작했다.

"고든, 네가 민우를 잘 이끌어주도록."

"알겠슴다! 자, 가자고~"

수베로의 지시에 고든이 환한 미소를 지으며 대답한 뒤, 민우를 이끌고 그라운드로 나섰다.

"으~ 뜨거워~ 난 낮 경기가 제일 싫더라."

민우에 앞서 그라운드로 나선 고든이 인상을 찌푸리며 투덜거리는 모습을 보였다.

민우 역시 그늘진 더그아웃을 빠져나오자 뜨거운 햇빛에 피부가 달아오르는 것이 느껴졌다.

'휴우. 아까 러닝할 때만 해도 이 정도는 아니었는데. 뜨겁다, 뜨거워.'

이날 경기는 오후 1시로 예정이 되어 있었기에 꽤나 고난이 예상되었다.

주변을 둘러보니 선수들은 더위를 피하기 위해서인지 어느새 두 명씩 빠르게 짝을 이뤄 스트레칭을 하고 있었다.

민우가 그 모습을 지그시 바라보고 있자 고든이 어깨에 손을 올리며 말을 걸었다.

"왜? 뭐 궁금한 거라도 있어?"

민우는 그런 고든의 얼굴을 바라보며 가볍게 운을 뗐다.

"아. 식스티 식서스에서는 팀에 합류하자마자 시비를 거는 놈들이 있었거든. 인사도 안 하는 놈도 있었고. 새 팀이라고 생각하니까 그때 일이 괜히 떠올라서. 그런데 여긴 다들 하나같이 두루두루 친하고 다들 반겨주기에 괜히 신기하기도 하고 말이지."

민우의 말에 고든이 피식 웃으며 민우에게도 익숙한 하나의 이름을 꺼냈다.

"네가 말하는 녀석, 덴커지?"

"어떻게 알았어? 맞아. 그 녀석."

민우의 눈이 휘둥그레지자 웃음을 터뜨린 고든이 이내 고개를 절레절레 저었다.

"그 녀석, 여기 있는 애들이라면 모르는 사람이 없을 정도로 유명한 녀석이야. 내가 식스티 식서스에 있을 때도 여기저기 시비를 걸고 다녔었으니까."

고든의 말에 선수들이 식스티 식서스 출신이라는 것을 다시 떠올린 민우가 고개를 끄덕였다.

"아, 대부분 식스티 식서스에서 올라온 거랬지?"

"응. 아무튼 그 녀석처럼 머저리 같은 놈을 찾는 거라면 걱정하지 말라고. 우리 팀은 그런 녀석이 오면 감독님부터 용서하지 않거든."

고든의 이야기에 민우가 잠시 수베로의 얼굴을 떠올렸다.

'채프먼과는 달리 깨어 있는 분인가 보군.'

"그리고 더블A가 그런 실력도 없는 녀석이 살아남을 수 있는 곳도 아니고 말이야."

고든이 진지한 표정으로 이야기를 하자 민우가 고개를 갸웃거리며 되물었다.

"그게 무슨 말이야? 살아남을 수 없다니?"

"음, 간단하게 말하자면 이런 거야. 하이 싱글A에서도 유독 뛰어난 투수들이 있었지?"

고든이 운을 떼자 민우가 가볍게 고개를 끄덕거렸다.

"응. 다른 녀석들에 비해 구속이나 제구가 좀 되는 녀석들이 있었지."

민우의 대답에 고든이 고개를 끄덕이며 말을 이었다.

"더블A에는 그런 녀석들이 득시글댄다고 보면 돼. 하이 싱글A에서 가장 뛰어난 녀석들이 경쟁을 뚫고 올라오는 거니까. 1선발부터 5선발, 중간 계투에 마무리까지. 빠른 구속에 웬만큼 제구도 잡히고, 거기에 패스트볼을 뒷받침해 줄 변화구의 질도 더 다듬어져 있지. 하이 싱글A에 비하면 실투 비율도 꽤 낮고."

고든의 설명에 민우가 고개를 끄덕였다.

"하긴 싱글A에서도 엘리트들만 올라오는 게 더블A니까. 엉뚱한 데 힘을 쏟는 멍청한 녀석들은 올라오지 못하겠지."

"그래, 맞아. 나도 식스티 식서스에 있을 땐 3할이 기본이었는데, 여기 와서는 겨우 2할 7푼에 턱걸이를 하고 있으니까 말이야. 민우 너도 4할 때렸다고 방심하다가는 큰코다칠 수도 있어. 된통 당하지 않으려면 정말 열심히 해야 할 거야. 오케이?"

고든의 조언에 민우가 가볍게 고개를 끄덕였다.

'방심할 생각은 전혀 없어. 방심하는 순간 뒤처질 테니까. 내 목표는 메이저리그야. 절대 여기서 멈추지 않는다.'

잠시 진지한 표정을 지어 보이는 민우를 바라보던 고든이 미소를 보이며 민우의 등을 팡팡 때렸다.

"자, 알았으면 우리도 얼른 몸 풀고 들어가자고. 이 날씨에 밖에 오래있으면 죽어날 거야."

"그건 공감이야. 빨리 시작하자."

고든의 말에 민우가 고개를 끄덕이고는 빠르게 몸을 풀기 시작했다.

따악!

배팅케이지 안에는 3루수인 스미스의 프리배팅이 한창이었다.

스미스는 받아치는 타구마다 외야 멀리까지 뻗어가며 그 펀치력을 뽐내고 있었다.

민우가 그 모습을 유심히 바라보고 있자 옆에 서 있던 고든이 의미심장한 미소를 지어 보이며 입을 열었다.

"저 녀석이 우리 팀의 붙박이 4번 타자를 맡고 있지. 민우 네가 4번 타자를 뺏고 싶다면 저 녀석보다는 잘해야 할 거야."

고든의 이야기에 민우가 가볍게 고개를 끄덕였다.

'어제 경기까지 타율은 0.293에 홈런을 9개를 때려냈다고 했지. 능력치는 어느 정도지?'

민우는 스미스의 능력치를 알아보기 위해 정신을 집중했다.

[스미스, 29세]

―파워[E, 55(37%)/100], 정확[E, 52(66%)/100], 주력[B, 44(75%)/100], 송구[E, 53(54%)/100], 수비[E, 54(57%)/100]

―종합[E, 258/500]

스미스의 능력치를 확인한 민우는 의외로 낮은 능력치에 살짝 놀란 표정을 지어 보였다.

'내 능력치에 비해서 거의 10 이상은 낮은 수치인데? 부스에 비하면 10 정도씩 높은 수준이긴 하지만… 하이 싱글A나 더블A나 그렇게 큰 폭의 차이는 없다는 뜻인가?'

잠시 고민을 하던 민우는 이내 시선을 돌려 고든을 바라봤다.

'조금 더 살펴보면 알겠지.'

[고든, 23세]

─파워[B, 47(23%)/100], 정확[E, 51(30%)/100], 주력[E, 59(19%)/100], 송구[B, 50(46%)/100], 수비[E, 57(21%)/100]

─종합[E, 264/500]

고든의 능력치까지 확인한 민우가 고개를 끄덕였다.

'파워와 정확, 송구 능력치는 스미스보다 낮지만 주력과 수비 능력치는 높다. 하지만 그리 큰 차이를 보이지는 않고 있어.'

이어 다른 선수들의 능력치를 대략적으로 살펴본 민우는 하나의 결론에 이르렀다.

'하이 싱글A에 비해 5에서 10정도 더 높은 수준을 보이고 있다. 한마디로 하이 싱글A보다 수준이 높긴 하지만 고든이 겁을 줬던 것만큼 엄청난 차이를 보이지는 않는다는 뜻이겠지.'

선수들의 능력치만 보아서는 적응하는 데 큰 어려움이 없을 듯했다.

하지만 능력치가 모든 것을 보여주는 것이 아니라는 것을 알고 있었기에 방심할 생각은 없었다.

'같은 능력치라고 해도 보이는 성적이 다르다는 건 하이 싱글A에서 이미 겪어봤으니까. 능력치 외의 것들이 존재할 수

있으니, 결국 정확한 건 경기에서 확인해 봐야겠지.'

민우는 스미스의 뒤를 이어 배팅케이지로 들어서 프리배팅을 이어가는 램보, 페레즈, 페드로자의 모습을 바라보며 고개를 끄덕였다.

그리고 마지막 타자인 마이어가 프리배팅을 마치고는 타격 코치와 무언가 이야기를 나눈 뒤, 배팅케이지를 빠져나오고 있었다.

"다음. 민우."

타격 코치인 프랭클린의 부름과 함께 민우의 차례가 다가왔다.

"예."

민우가 가볍게 대답하고는 배트를 챙겨 배팅케이지로 향했다.

민우가 배팅케이지로 들어서는 모습을 바라보던 고든이 휘파람을 불며 환호성을 내질렀다.

"어디 식스티 식서스의 4할 타자 실력 좀 볼까?"

고든의 모습에 주변 선수들도 피식거리며 한 마디씩을 거들기 시작했다.

"그래. 젖내 나는 애송이 실력 좀 보자~"

"후후후. 우리 채터누가의 중견수 자리는 그리 호락호락하지 않다고. 로빈슨이 회복되기만을 벼르고 있으니까, 각오하는 게 좋을 거야!"

램보와 샌즈의 장난스런 도발에 이어 스미스가 옅은 웃음을 띤 채 내기를 걸었다.

"담장 밖으로 5개 날리면 내가 오늘 경기 끝나고 저녁 거하게 쏘도록 하지."

그 모습에 고든이 이게 웬 횡재냐는 표정으로 스미스를 바라봤다.

"오오오! 역시 스미스 형님! 저희도 사주시는 겁니까?"

하지만 스미스는 단호한 표정으로 고개를 저었다.

"먹고 싶으면 너도 홈런 5개 치던가."

"쳇. 전 교타자잖습니까. 무리한 요구예요."

뒤쪽에서 들려오는 선수들의 말장난에 민우가 피식 웃음을 보였다.

'이거 어디서 많이 본 장면인데… 후후……'

미간에 주름을 잡은 채 그런 선수들을 바라보던 프랭클린이 언성을 높여 호통을 쳤다.

"다들 조용! 훈련은 항상 진지하게 해야 한다는 걸 잊었나!"

선수들은 프랭클린의 호통이 튀어나오기 무섭게 언제 떠들었냐는 듯 입을 다물며 조용해졌다.

주변이 조용해지자 프랭클린은 이내 민우를 향해 고개를 돌렸다.

"준비됐으면 시작하지."

"예!"

프랭클린의 지시에 맞춰 민우가 발을 풀고는 배트를 다잡았다.

'후~ 저녁이라. 후후. 한 방 날려줘 볼까.'

준비를 마친 민우가 배팅볼 담당 투수에게 고개를 끄덕이자 이내 공이 날아오기 시작했다.

슈우욱!

피칭머신에서 쏘아지는 100마일(160km)짜리 공도 거침없이 때려내는 민우에게 배팅볼은 벌어진 입을 향해 날아오는 땅콩이나 마찬가지였다.

민우는 익숙하게 스트라이드를 내딛고는 부드러우면서도 빠르게 허리를 내돌리며 배트를 휘둘렀다.

따아악!

뒤이어 경기장에 깨끗한 타격음이 울려 퍼졌다.

민우가 때려낸 타구가 외야 방향으로 포물선을 그리며 빠르게 쏘아지자 모두의 시선이 타구를 쫓아 돌아갔다.

하늘 높은 줄 모르고 솟아올라가던 타구는 펜스를 홀쩍 넘어서 경기장 뒤편에 자리한 숲 속으로 사라져 버렸다.

퉁!

약간의 시간 뒤에 나무를 타고 울리는 소리가 들려오자 선수들이 여유 있는 표정으로 고개를 끄덕이거나 웃음을 보이며 민우를 바라봤다.

하지만 이후 프리배팅이 진행될수록 선수들의 표정은 점점 우스꽝스럽게 변해가기 시작했다.

슈욱!

따아악!

슈우욱!

따아악!

"휴~ 응?"

10개의 타구를 때려내며 프리배팅을 마친 민우가 숨을 크게 내쉬며 배팅케이지를 빠져나왔다.

그리고 뒤에 서 있던 선수들을 바라본 민우가 어리둥절한 표정을 지어 보였다.

"뭐야? 다들 표정이 왜 그래?"

민우를 바라보던 선수들뿐만 아니라 타격 코치인 프랭클린마저 오묘한 표정을 지으며 민우를 바라보고 있었다.

이윽고 천천히 민우에게 다가온 고든이 양손으로 민우의 어깨를 잡고는 두 눈을 빛냈다.

"왜 그러냐고? 아무리 프리배팅이라지만 10개 중에 9개를 담장 밖으로 날려 보내는 놈은 처음 보니까 그러지!"

고든을 시작으로 하나둘 다가온 선수들이 격한 반응을 보이기 시작했다.

"와하하하! 이런 괴물 같은 자식! 괜히 4할 타자가 아니구나!"

"5개만 날려도 대단하다고 해주려고 했는데, 9개라니!"

그리고 조용히 다가온 스미스가 한숨을 푹 내쉬었다.

"후, 괜히 초고속 승격을 한 게 아니라 이건가. 저녁을 사주는 것도 모자라서 조만간에 4번 타자 자리를 내놔야겠어."

"푸하핫."

"후후후. 그럼 타순 하나씩 밀리는 건가요?"

스미스의 장난스러운 하소연에 주변 선수들이 하나같이 크게 웃어 보였다.

*　　　*　　　*

"중견수!"

따악!

프랭클린의 외침과 함께 어중간하게 떠오른 펑고가 날아오기 시작했다.

타다다닷!

동시에 스타트를 끊은 민우의 시야에 화살표와 타구의 궤적을 알려주는 선과 함께 그라운드에 낙구 위치가 표시되기 시작했다.

노 바운드로 잡기 어려워 보이는 타구임에도 민우가 엄청난 속도로 달려가는 모습을 보이자 그 모습을 바라보던 선수들이 설마 하는 표정으로 민우와 타구를 번갈아 쳐다보기 시작했다.

'저건 좀 어렵겠는데.'

'꽤 빠른데?'

'설마 저걸 잡는 건가?'

'저걸 잡으면 뭐, 다른 건 말할 필요도 없겠지.'

그런 선수들의 우려와 기대 섞인 눈빛을 한 몸에 받던 민우는 어느새 낙구 지점에 도달해 몸을 날리고 있었다.

촤아악!

몸을 뒤로 누이는 자세로 몸을 날린 민우의 글러브에 공이 쏙 하고 빨려 들어갔다.

퍽!

민우는 슬라이딩을 하던 속도를 이용해 잽싸게 자리에서 일어나 달리며 2루수에게 공을 건네주었다.

민우의 환상적인 캐치를 두 눈으로 바라본 선수들이 일제히 만세를 부르며 환호성을 내지르기 시작했다.

"오오오!!"

"대박!!"

"저걸 잡았어!!"

"로빈슨도 저건 못 잡았을 거야!"

여유 있게 펑고를 잡아내고는 자신의 수비 위치로 돌아가던 민우는 선수들의 환호에 옅게 미소를 짓고 있었다.

그리고 그 모습을 바라보던 프랭클린 역시 만족스러운 미소를 지어 보였다.

'저 녀석, 잡기 애매한 곳에 날려 보낸 타구도 그리 어렵지 않게 잡아냈어. 저런 경우를 한두 번 겪어본 게 아닌 것 같은

데. 하나 더 날려볼까.'

"중견수! 하나 더 간다!"

따아악!

큰 외침과 함께 프랭클린이 날려 보낸 펑고는 높은 플라이 볼의 궤적을 그리며 우중간 펜스 방면으로 빠르게 날아가기 시작했다.

동시에 민우가 뒤도 돌아보지 않고 펜스를 향해 빠르게 스타트를 하는 모습을 보이자 프랭클린이 기대에 찬 눈빛으로 그 모습을 바라봤다.

'스타트도 좋고, 타구 방향과 거리 예측도 아주 좋아.'

스피드를 줄이지 않은 채 낙구 지점에 다다른 민우의 머리 위에 펑고가 다다른 순간.

퍽!

달려 나가는 상태 그대로 글러브를 들어 올린 민우가 가볍게 타구를 잡아내고는 워닝 트랙에 다다르며 속도를 줄여 나갔다.

그 모습을 바라보던 선수들이 데자뷔처럼 또다시 만세를 부르며 환호성을 내지르고 있었다.

펑고를 날렸던 프랭클린마저 환한 미소를 보이며 고개를 절레절레 저어 보였다.

'이거 완전 물건이구나. 물건이야. 허허허허.'

"다들 고생했다. 경기 시작 전까지 휴식들 취하도록 해라."

프랭클린의 훈련 종료 선언과 함께 외야수 램보와 샌즈가 더그아웃으로 향하는 민우에게 달려와 어깨를 두드렸다.

"민우! 완전 대박이잖아! 오버 더 숄더 캐치라니!"

"와~ 대박, 진짜. 아까 슬라이딩 캐치도 장난 아니었잖아. 덕분에 우리들 수비 부담도 완전 덜겠어. 하하."

민우는 그들의 격한 반응에 씨익 웃어 보이며 잠시 생각에 잠겼다.

'두 번째 타구는 정말 잡기 어려운 궤적이었지. '레이더' 특성이 없었으면 높은 확률로 놓쳤을 거야. 이게 실전에서라면 더더욱 중요하게 작용하겠지.'

고개를 끄덕인 민우가 속도를 올려 내야를 향해 달리며 장난스러운 말을 내뱉었다.

"중원은 내가 책임진다! 다들 날 믿고 따라와!"

그 모습에 램보와 샌즈가 잠시 서로를 마주보더니 피식 웃으며 민우의 뒤를 따랐다.

"오케이!"

"경기에서도 이 모습 그대로 부탁한다!"

더그아웃에서 그 모습을 바라보고 있던 프랭클린이 수베로를 향해 고개를 돌렸다.

"어떠십니까? 타격도 출중하고, 수비도 열정적입니다. 거기에 팀원들과의 융화도 빠른 모습을 보여주고 있습니다."

프랭클린의 이야기에 수비 훈련을 마치고 더그아웃으로 향하는 선수들을 바라보던 수베로의 눈길이 민우에게로 옮겨갔다.

그런 수베로의 입가에 만족스러운 미소가 걸려 있었다.

"공감하네. 나쁘지 않아. 자네 말대로 아주 만족스러운 모습이야. 실전에서도 저런 모습을 보여준다면 더할 나위가 없을 텐데 말이야."

"저 정도라면 헤레라보다는 훨씬 나아 보입니다. 오늘 경기에서 바로 중견수로 선발 출장을 시키고, 타순은 6번에 배치해서 실전 테스트를 해보는 것이 적당해 보입니다."

프랭클린의 말을 들은 수베로가 잠시 고민에 빠진 듯 말없이 민우를 바라봤다.

"자네 말대로 하는 것이 적절해 보이는군. 그대로 하지."

수베로는 뒤늦게 프랭클린에게 대답을 하고는 손을 움직여 오늘 경기의 선발 라인업을 적어 내려가기 시작했다.

제3장

우승 전도사

7월 4일 현재, 서던 리그(Southern League) 북부 리그의 선두 자리는 초 접전을 벌이고 있는 상태였다.

민우의 소속 팀인 채터누가 룩아웃츠는 38승 23패를 기록하며 39승 22패를 기록하고 있는 선두 테네시 스모키스에 한 게임 뒤진 2위에 자리하고 있었다.

채터누가는 주전 중견수인 로빈슨의 부상 이전까지만 하더라도 리그 1위의 자리를 굳건히 지키며 전반기 우승이 확실시되는 팀이었다.

하지만 로빈슨이 불의의 햄스트링 부상을 당하며 센터 필드에 구멍이 생겼고, 임시로 중견수를 맡았던 헤레라의 좁은 수비 범위로 인해 주지 않아도 될 점수를 내어주며 무기력한 패배를 보이는 경기가 나오기 시작했다.

이러한 영향으로 채터누가가 최근 7경기에서 3승 4패라는 부진한 모습을 보이며 뒷걸음질을 치는 사이, 2위였던 스모키스는 6승 1패의 호성적을 기록하며 약진을 하는 모습을 보였다.

그 결과, 2경기 차이로 앞서 가던 채터누가는 어느덧 1경기 뒤진 2위에 자리를 잡으며 스모키스가 미끄러져 내려오기만을 기다리는 처지가 된 것이다.

채터누가의 로고가 그려진 모자를 쓰고 선글라스를 걸친 채 내리쬐는 뙤약볕을 온몸으로 받아들이며 홈 팬들이 하나둘 경기장에 들어서기 시작했다.

하지만 무더운 날씨에도 불구하고 팬들의 얼굴에는 기대감이 가득 담긴 미소가 보이고 있었다.

일찌감치 홈팀의 더그아웃과 가까운 곳에 자리를 잡았던 팬들의 화두는 새로운 중견수의 합류였다.

한 손에 들고 있던 맥주를 한 모금 크게 마신 노인이 옆자리에 앉은 동년배의 노인에게 물음을 던졌다.

"로빈슨의 공백을 메워줄 선수가 오늘 경기에 출전하는 건가?"

그 물음에 옆자리에 앉아 있던 노인이 고개를 끄덕였다.

"들어올 때 라인업을 보지 않았나. 자꾸 술을 마시니 눈이 침침해지는 것 아닌가."

노인의 핀잔에 맥주를 마시던 노인이 어이없는 표정을 지어 보였다.

"벽에 똥칠할 때까지 살 생각도 아닌데 뭐 어떤가. 기분만 좋으면 됐지."

"으이구. 됐네, 됐어. 그나저나 내 아들 녀석이 이번에 합류한 선수가 하이 싱글A에서 그렇게 대단한 활약을 보였다고 했거든. 맞지?"

노인이 고개를 반대로 돌려 물음을 던지자 그 옆자리에 앉아 있던 젊은 청년이 고개를 끄덕이며 미소를 지어 보였다.

"예. 아버지. 제가 강에 대해 저번에 말씀드렸던 거 잊으셨어요? 한 달 동안 홈런을 14개나 때리고, 사이클링 히트에 보살도 한두 개가 아니라니까요. 타율은 4할이 넘고요. 아아. 저는 이날만을 기다렸다고요!"

청년의 말에 노인이 고개를 끄덕였다.

"음. 그래그래, 그랬었지."

"저만 이런 게 아니에요. 팬 사이트 채팅방도 지금 난리도 아니에요. 다들 강이 로빈슨의 공백을 가볍게 지워 버리고 채터누가를 우승으로 이끌어줄 거라고 보고 있죠."

"허허. 부디 그랬으면 좋겠구나. 아! 선수들이 나오는군. 이제 슬슬 시작하려나 보구나."

노인의 말에 모두의 시선이 일제히 그라운드로 돌아갔다.

그리고 선수들을 살피던 청년이 이내 눈을 동그랗게 뜨며 한 선수를 가리켰다.

"저기! 저 선수예요! 저 선수가 이번에 새로 합류한 강이라는 선수예요!"

청년이 손가락으로 가리키는 곳에는 등 번호 73번을 달고 'KANG'이라는 글자가 쓰여 있는 유니폼을 입은 선수의 등판이 보이고 있었다.

청년이 가리키는 방향으로 고개를 돌린 두 노인이 오묘한 표정을 지으며 그 뒷모습을 바라봤다.

"저 동양인이 이번에 새로 온 선수라고? 생각했던 이미지와는 전혀 다른데?"

"독특한 성이다 싶더니 동양인이었구먼. 아시아에서는 일본인들이 야구를 잘한다고 하더니 저 선수도 일본에서 온 건가?"

노인들의 물음에 청년이 무슨 말이냐는 듯 빠르게 고개를 저었다.

"아뇨. 일본 바로 옆에 있는 한국이라는 나라에서 왔다더라고요. 음… 메이저리그 클리블랜드 인디언스라는 팀에서 요즘 맹활약하고 있는 추라는 선수 들어보셨죠?"

청년의 말에 노인들이 고개를 갸웃거리더니 아버지라고 불린 노인이 아! 하는 표정을 지으며 고개를 끄덕였다.

"아! TV에서 본 기억이 나. 올 시즌 외야 어시스트 1위를 기록하고 있다는 선수가 분명 추라는 선수라고 했지. 종종 판타스틱 플레이를 보여줬다고 TV에 수시로 나와서 기억이 나는구먼. 어깨가 아주 강한 선수였지. 그런데 그 선수가 왜?"

노인의 반응에 청년이 기다렸다는 듯 고개를 끄덕이며 말을 이었다.

"네, 맞아요. 거기에 더해서 3할 타율에 2년 연속 4할 출루율에 20—20클럽까지 노리고 있는 선수가 바로 그 추라는 선수죠. 그 선수가 한국 출신이거든요. 바로 저 강과 같은 나라죠."

청년이 추진수의 성적까지 언급하자 청년의 아버지가 눈을 빛내기 시작했다.

"오, 그런 거냐? 그렇다고 하니 왠지 믿음이 가는구나!"

맥주를 마시던 노인은 그런 옆자리 노인의 모습을 한심한 눈빛으로 바라봤다.

"자네도 참 재미있고만. 그 추라는 선수가 잘한다고 저 강이라는 선수가 잘한다는 보장이 어디 있나!"

핀잔을 주고는 맥주를 들이켜는 노인의 모습에 옆자리 노인이 급 발끈한 표정을 지었다.

"아니, 잘하지 말라는 법도 없지 않나! 하이 싱글A에서도 대활약을 했다고 하고 말이야."

"후후. 그럼 우리 내기 하지 않겠나. 저 선수가 오늘 어떤 활약을 보이는지로 말이야."

맥주를 마시던 노인이 음흉한 미소를 보이며 던진 도발에 옆자리 노인이 기다렸다는 듯 응수했다.

"자네, 아직도 그 내기하는 버릇을 못 버렸나. 좋아! 오늘 나한테 단단히 혼 좀 나보게! 나는 저 강이라는 선수가 결승 홈런을 친다는 것에 50달러를 걸지!"

"호오~ 해보자는 겐가! 좋아! 받고 50 더! 나는 홈런을 하나도 못 친다는 것에 걸지!"

"후후후. 자네 오늘 크게 후회하게 될 거야."

"후후. 누가 할 소리를!"

두 노인이 음흉한 표정을 지으며 서로를 노려보는 모습에 옆자리에 앉아 있던 청년이 고개를 절레절레 저었다.

'강의 활약을 응원해야 할 판에, 잘하나 못하나로 내기를 하시다니. 에휴, 나이만 드셨지 완전 애들이셔서 큰일이야. 큰일.'

고개를 절레절레 저어 보인 청년은 이내 노인들에게서 시선을 돌려 초록빛 그라운드를 바라보기 시작했다.

─시청자 여러분 안녕하십니까. 채터누가 룩아웃츠와 캐롤라이나 머드캣츠의 맞대결이 펼쳐질 이곳은 채터누가의 홈구장, AT&T 필드입니다.

─오늘 날씨가 상당히 뜨겁습니다. 폭염 주의보가 내려지지

않은 것이 이상할 정도인데요.

　—예, 그렇습니다. 하늘엔 해를 가려줄 구름 한 점 없이 맑은 모양으로 그라운드는 쳐다보기만 해도 그 열기가 느껴질 정도로 뜨거워 보이는데요. 이런 날씨만큼이나 단 7경기를 남겨둔 상태임에도 북부 리그의 순위 경쟁이 상당히 뜨거운 모습을 보이고 있습니다.

　—하하! 말씀하신대로 최근 10경기 사이에 5위 팀인 잭슨 제네럴스를 제외하고는 1, 2위와 3, 4위 간의 순위가 뒤바뀌는 양상을 보이고 있거든요.

　특히 얼마 전까지 한 번도 리그 1위 자리를 빼앗기지 않고 있던 채터누가의 2위 추락은 팬들에게 상당한 충격을 안겨주었죠?

　—예. 맞습니다. 1위 탈환을 위해 이번 3연전에서 최대한 많은 승리를 따내야 하는 채터누가 룩아웃츠로서는 갈 길이 참 바쁜데요.

　이건 4위와 두 경기 차이로 3위 자리를 위협받고 있는 캐롤라이나 머드캣츠도 비슷한 모양새를 보이고 있습니다.

　—한마디로 정리하자면 양 팀 모두 승리가 절실한 상황이라는 거군요.

　—굳이 따지자면 채터누가 쪽이 더 급하다고 할 수 있겠습니다.

　—그렇군요. 그리고 보니 오늘 채터누가의 라인업에 약간의

변화가 보이는데요? 중견수 포지션으로 6번 타순에 배치된 강민우라는 선수는 어떤 선수인지 설명을 해주실 수 있나요?

—강민우 선수는 하이 싱글A에서 단 한 달 만에 더블A로 승격한 선수인데요. 놀라운 점은 이 루키 선수가 다저스와 계약금 100만 달러를 받고 스플릿 계약을 맺었다는 것입니다.

—아니, 하이 싱글A에서 단 한 달 만에 더블A로 올라온 것도 놀라운데, 스플릿 계약까지 맺었다는 말씀인가요?

—그렇습니다. 그도 그럴 것이 이 선수가 하이 싱글A에서 단 한 달 동안 보인 활약을 살펴보면 절로 고개가 끄덕여집니다. 4할 중반의 타율에 14개의 홈런을 때려냈거든요.

—와~ 4할이요? 거기다 홈런이 14개라니, 단순히 계산해도 2경기마다 홈런을 하나씩 때려냈다는 건데요.

—예. 이런 압도적인 기록을 보여준 것에 더해 로빈슨 선수의 부상이 겹치면서 자연스럽게 더블A로 승격하게 되었고, 그 장래성을 눈여겨본 프런트에서 스플릿 계약을 맺은 것으로 보입니다.

—계속해서 입이 다물어지지 않는군요. 과연 프런트의 기대에 걸맞게 채터누가의 중원을 지켜내고 메이저리그로 올라갈 수 있을지 귀추가 주목됩니다. 시청자 여러분도 저희와 함께 지켜봐 주시기 바랍니다.

채터누가 룩아웃츠의 선발투수는 데뷔 5년 차의 우완 투수인 마리오 알바레즈였다.

알바레즈는 95마일(152㎞)의 빠른 패스트볼에 커브와 싱커를 섞어 던지는, 전형적인 맞춰 잡는 피칭 스타일을 가진 투수였다.

지난 시즌에는 하이 싱글A에서 85이닝을 던지며 삼진을 66개를 뽑아내고 3점대 중반대의 방어율에 2할 초중반대의 피안타율을 기록하며 올 시즌 더블A로 승격을 이루었다.

하지만 더블A로 승격한 이후 현재까지 4점 중반대의 방어율에 피안타율은 3할을 넘나들며 지속적으로 불안한 모습을 보이고 있었다.

강점이던 땅볼 유도 비율도 최근 3경기 사이에 리그 평균 이하로 떨어지며 외야로 뻗어나가는 타구가 늘어나기 시작하더니, 로빈슨의 공백이 겹치며 지난 선발 두 번의 선발 등판에서는 크게 무너지는 모습을 보이고 말았다.

이런 알바레즈의 모습을 바라보는 수베로 감독의 마음속엔 근심과 염려가 쌓이고 있었다.

알바레즈를 선발에서 제외하자니 그를 대체해 선발투수로 쓸 만한 선수가 마땅치 않았기 때문이었다.

'휴. 전반기엔 어떻게든 버텨보겠지만 후반기엔 선발투수 보급이 필요해. 단장님과 상의를 해봐야겠어.'

오늘 채터누가의 외야 수비 위치는 민우의 합류로 좌, 우익수가 파울라인 쪽으로 약간씩 옮겨져 있는 상태였다.

이는 수비로 감독의 의도로 민우의 넓은 수비 범위를 감안해 수비 위치를 조정한 것이기도 했다.

'야구는 혼자서 하는 것이 아니니까. 알바레즈의 플라이 볼비율이 높아진 만큼 민우의 수비가 어느 정도냐에 따라 오늘경기의 승패가 갈릴 거야.'

수비로 감독은 이런 알바레즈의 단점이 민우의 합류로 상쇄되기를 바라며 경기를 지켜보기 시작했다.

"플레이볼!"

선발 알바레즈가 연습 투구를 마치자 곧장 주심의 경기 시작을 알리는 신호와 함께 원정 팀인 머드캣츠의 선공이 시작되었다.

1회 초, 머드캣츠의 선두 타자는 우타자인 핍스였다.

슈욱!

따아악!

'헉!'

핍스는 알바레즈가 뿌린 한가운데 초구 패스트볼을 제대로 받아쳤고, 타구는 빠른 속도로 외야를 향해 뻗어나갔다.

초구부터 배트를 휘두를 거라고는 예상하지 못한 듯, 마운드 위에서 중심을 잡던 알바레즈가 놀란 눈이 되어 외야를 향해 날아가는 타구를 바라보기 시작했다.

타타탓!

핍스가 타구를 날려 보냄과 동시에 민우는 시야에 떠오른 붉은 화살표를 따라 달려 나가기 시작했다.

민우가 시선을 돌려 타구의 궤적을 알려주는 라인의 끝을 바라보니 그 라인이 펜스의 상단까지 이어져 있는 모습이 보였다.

'저 높이면… 노 바운드로 잡는 건 무리인 것 같은데. 무리해서 잡는 것보단 튕겨 나오는 공을 단번에 2루까지 뿌리는 게 낫겠어!'

민우가 노 바운드 캐치를 포기하고 바운드 볼을 노리자 펜스에 머물러 있던 라인이 쭉 늘어나 그라운드로 이어졌다.

마치 바운드 볼의 궤적을 예측하듯 그라운드까지 이어진 라인의 끝에 낙구 지점을 표시해 주던 반구 형태의 모양이 생겨나 있었다.

'어? 뭐지? 갑자기 왜 바뀐 거지?'

여태껏 그런 모습을 본 적이 없던 민우가 잠시 놀란 표정을 지었지만 펜스 플레이가 우선이었기에 달리는 것을 멈추지는 않았다.

빠르게 달려 낙구 지점이 표시된 위치에 민우가 도달함과 동시에 펜스를 맞고 튀어나온 타구가 라인을 타고 민우에게로 날아왔다.

순간 민우는 글러브 대신 맨손을 들어 라인을 타고 내려오는 타구에 손을 뻗었다.

착!

손에 야구공이 제대로 감기는 느낌이 들자 민우는 곧장 등을 돌리고는, 2루를 향해 강하게 공을 뿌렸다.

쑤아아악!

―공을 쫓아 내달립니다! 펜스에 맞고 튕겨 나오는 타구! 와우! 강민우 선수가 맨손으로 공을 잡아냅니다! 그리고 곧장 2루를 향해 공을 뿌립니다! 그 사이 핍스는 1루를 돌아 2루! 2루를 노립니다!

민우의 팔이 활처럼 휘어지며 공을 뿌리는 모습을 본 핍스는 다리근육을 더욱 조이며 2루를 향해 스퍼트를 했다.

순식간에 2루를 코앞에 둔 핍스가 앞으로 몸을 날리며 슬라이딩을 시도했다.

촤아악!

퍽!

몸을 격하게 날리는 바람에 핍스의 헬멧이 핍스의 시야를 가리며 눈앞이 깜깜해졌다.

잠시 뒤, 손끝에 무언가가 닿는 느낌과 함께 멈춰 선 핍스가 한 손으로 헬멧을 들어 올리고는 2루심을 쳐다봤다.

2루심은 핍스와 눈이 마주치자 그제야 손을 들어 앞으로 휘두르는 모습을 보였다.

"아웃!"

당연히 세이프일 거라고 생각했던 핍스의 눈이 예상치 못한 아웃 판정에 동그랗게 떠지고 말았다.

"아웃? 아웃이라고요?"

핍스가 믿지 못하겠다는 듯한 표정으로 2루심을 바라봤지만, 2루심은 단호한 표정으로 고개를 끄덕여 보이며 뒤로 돌아섰다.

그 모습에 허망한 표정으로 잠시 민우를 바라본 핍스가 이내 고개를 절레절레 저으며 더그아웃으로 몸을 돌렸다.

—2루에서!! 아웃!! 아웃입니다! 와우! 2루타가 될 상황이 순식간에 1아웃으로 바뀌어 버렸습니다! 강민우 선수의 믿을 수 없는 멋진 송구가 핍스의 빠른 발을 제압했습니다!

—아~ 제가 보기엔 핍스 선수가 충분히 살 수 있으리라는 판단을 한 것 같은데요. 누가 봐도 2루타 코스였거든요. 그런데 강민우 선수의 대처가 워낙에 좋았던 것 같습니다. 좋은 판단에 맨손 캐치, 그리고 강력한 송구가 완벽한 조화를 이뤄 핍스의 2루타를 깔끔하게 지워 버렸습니다.

민우의 환상적인 펜스 플레이는 관중들의 뇌리에 강민우라는 이름 석 자를 각인시키기엔 충분했다.

"와아아아!"

"대박!!"

"봤어? 맨손으로 잡아서 바로 뿌리는 거?"

"와~ 이제 중견수 걱정은 덜었네! 으하하!"

그리고 그 속에는 민우를 향해 감탄의 시선을 보내는 노인 두 명이 있었다.

"하하하하. 이제 내 안목을 믿겠나? 내 아까 저 선수가 믿음직스럽다고 했지? 이게 바로 자네와 나의 차이일세. 이제라도 항복한다면 내 30달러만 받겠네."

청년의 옆에 앉아 있던 노인이 맥주잔을 든 노인에게 엄지손가락을 들어 보인 뒤 아래로 젖히며 미소를 지어 보였다.

그 모습에 맥주잔을 들고 있던 노인이 잔을 쥔 손에 힘을 주더니 빈 맥주잔을 그대로 구겨 버렸다.

"에잉. 조용히 하게! 우리 승부는 수비가 아니라 홈런이라고! 홈런! 계속 보세!"

"후후후. 후회하지 말게나."

음흉한 미소를 지어 보인 노인의 말을 끝으로 그들은 다시 경기에 집중하기 시작했다.

2루를 향해 힘껏 공을 뿌린 뒤, 판정을 기다리던 민우는 2루심의 주먹이 앞으로 휘둘러지는 모습에 글러브를 때리며 기뻐하는 모습을 보였다.

"좋아!"

상쾌한 기분으로 마운드를 바라보니 알바레즈가 머리 위로 양손을 들어 민우를 향해 박수를 치고 있었다.

상황이 정리되자 민우는 잠시 미뤄두었던 의문을 끄집어냈다.

'조금 전에 분명… 라인이 새로 그려지면서 낙구 위치가 바뀌었지?'

민우가 펜스를 타고 오르지 않고 바운드 볼로 처리하겠다는 생각을 함과 동시에 펜스에서 끊겨 있던 라인이 새로 그려지는 모습이 보였었다.

여태껏 민우는 대부분의 공을 노 바운드 캐치를 시도했기 때문에 그런 모습을 본 것이 처음이었다.

잠시 과거와 현재의 상황을 비교해 본 민우가 가볍게 고개를 끄덕거렸다.

'내가 어떤 방식으로 수비에 임할지를 결정하면 그에 맞게 라인이 수정되는 형식이구나. 이거 정말 신기하네.'

노 바운드 캐치를 시도할 때, 바운드되는 위치까지 라인이 그려진다면 오히려 민우의 시야를 가려 공을 잡는 것에 거슬림이 있을 수 있었다.

민우가 조금 전 발견한 기능은 그런 상황을 방지하는 기능인 것 같았다.

새로운 기능의 발견에 가볍게 미소를 지어 보인 민우가 글러브를 팡팡 두드리며 다음 타구를 기다렸다.

이후 알바레즈는 2, 3번 타자를 유격수 앞 땅볼과 좌익수 플라이로 잡아내며 이닝을 마무리 지었다.

공수 전환을 위해 더그아웃으로 돌아가니 먼저 돌아온 선수들이 민우를 향해 휘파람을 불며 환호성을 내지르기 시작했다.

"우오!"

"우리의 구원자가 오셨다!"

"환상적인 맨손 캐치였어!"

그런 선수들의 반응에 민우가 양팔을 벌리며 천천히 입을 열었다.

"이제 중원은 나에게 맡기도록 하여라~ 날 믿으면 모두가 행복해지리니~"

민우의 능청스런 모습에 잠시 얼떨떨한 표정을 짓던 선수들이 하나같이 웃음을 터뜨리더니 양손을 들어 올리며 흔들어 보였다.

"오오. 민우신이시여!"

"믿습니다!"

"따르겠습니다!"

"푸하하핫."

그 모습을 바라보던 한 선수의 웃음소리에 민우와 나머지 선수들이 동시에 웃음을 터뜨리며 더그아웃의 분위기가 더더욱 밝아졌다.

멀찍이 앉아 있던 수베로와 코칭스태프들도 민우의 엉뚱한 모습에 피식 웃음을 터뜨리고 말았다.

민우의 호수비 이후, 알바레즈는 안정을 찾은 듯 2회 초에도 머드캣츠의 중심 타자들을 삼자범퇴로 깔끔하게 돌려세웠다.

그리고 2회 말, 채터누가의 공격 차례가 돌아왔다.

민우는 채터누가의 4번 타자인 스미스를 상대하고 있는 머드캣츠의 선발투수, 캐롤의 투구를 눈여겨보고 있었다.

'분명 극강의 땅볼 유도형 투수라고 했지.'

딱!

팍!

"아웃!"

캐롤의 3구를 노려 친 스미스였지만 의도와는 달리 배트 안쪽으로 휘어져 오는 공을 제대로 때려내지 못하며 2루 땅볼로 물러나고 말았다.

터덜터덜 더그아웃으로 돌아오는 스미스를 뒤로한 채, 민우가 헬멧을 쓴 채 배트를 챙겨 대기 타석으로 들어섰다.

'지금 스미스를 돌려세운 공은 투심 패스트볼이었어.'

민우는 머릿속에 들어 있던 캐롤에 대한 정보를 빠르게 되새겼다.

머드캣츠의 선발로 나선 우완 투수 캐롤은 데뷔 4년 차 투수로 지난 시즌에 더블A에서 적응기를 거쳐 올 시즌 3점대 방어율을 찍으며 준수한 활약을 보이고 있는 투수였다.

캐롤은 패스트볼 최고 구속이 91마일(146㎞)로 리그 평균 구속보다 꽤나 느린 모습을 보이고 있었다.

그래서인지 캐롤은 삼진을 잡기보다는 변형 패스트볼과 브레이킹 볼을 이용해 맞춰 잡는 투구 스타일을 가지고 있었다.

앞선 1회 말, 캐롤을 상대하러 나섰던 채터누가의 타자들을 상대로 뿌렸던 구종도 단 두 개의 포심 패스트볼을 제외하고는 대부분 투심 패스트볼과 커브, 체인지업이었다.

'구속이 대체로 느린 편이니까 상대하는데 큰 어려움은 없겠지만, 한편으론 저런 구속으로 3점대 방어율을 찍었다는 건 변화구를 적절히 잘 이용하고 있다는 뜻이겠지. 다른 구종을 던지는데도 투구 폼이 거의 차이가 없다는 것도 장점일 테고. 다른 선수들을 상대할 때 유심히 살펴봐야겠어.'

캐롤은 우완 투수이기에 몸 쪽으로 뿌리는 투심 패스트볼은 민우와 같은 좌타자에게 꽤나 잘 먹히는 구종이었다.

거기에 반대의 궤적을 그리는 커브와 아래로 떨어지는 체인지업까지 갖추고 있었기에 타석에 들어서면 생각이 많아질 것 같았다.

민우는 머리로 생각을 하면서도 페레즈를 상대하고 있는 캐롤의 투구에 타이밍을 맞추는 것을 잊지 않았다.

'멘탈 수치는 어느 정도일까. '투기 발산'이 어느 정도 효과를 보일지 테스트를 해봐야 하니 확인해 봐야겠지.'

민우는 곧 캐롤에게 정신을 집중했다.

[캐롤, 27세]

─구속[R, 64(76%)/100], 제구[R, 63(51%)/100], 멘탈[E, 60(15%)/100], 회복[R, 65(93%)/100].

─종합[R, 252/400]

민우는 캐롤의 능력치가 눈앞에 떠오르자 빠르게 멘탈 수치를 확인하고는 이내 입가에 미소를 지어 보였다.

'익스퍼트니까 확률은 반반이다. 1만 더 높았어도 확률이 많이 낮아졌을 텐데 다행이야. 중요할 때 스킬을 사용해 보면 되겠어.'

슈욱!

탁!

그라운드를 울리는 둔탁한 타격음이 생각에 잠겨 있던 민우를 현실로 되돌려 놨다.

페레즈는 캐롤이 던진 4구째 체인지업을 배트 끝으로 건드리며 1루에 채 도달하지도 못한 채 아웃을 당하고 말았다.

그 모습에 민우는 배트를 크게 휘두르고는 배트 링을 빼내며 천천히 타석으로 향했다.

─4구 타격. 크게 바운드된 타구를 유격수가 가볍게 처리하며 아웃 카운트를 2개로 늘립니다. 다음 타자는 1회 초, 정말 환상적인 펜스 플레이와 송구를 보여주며 존재감을 알린 루

키, 강민우 선수입니다.

—이 선수, 경기 전 프리배팅에서 무려 9개의 공을 담장 밖으로 넘기는 괴력을 선보였었는데요. 과연 타격에서도 팬들의 기대에 부응할 수 있을까 기대가 되는군요.

"오오~ 강의 차례다!"

"강! 공격에서도 하나 보여줘!"

"날려 버려!"

"큰 거 한 방 부탁해!"

민우의 호수비에 인상을 받아서일까.

홈 팬들은 민우가 대기 타석을 벗어나 타석으로 향하는 모습이 보이자 환호성을 내며 기대하는 모습을 보이고 있었다.

귓가를 울리는 홈 팬들의 응원을 뒤로한 채, 민우가 배터 박스로 들어섰다.

"처음 보는 녀석인데, 새로 온 거냐?"

민우가 배터 박스에 들어서자 머드캣츠의 포수가 친근하게 말을 걸어왔다.

평소에 항상 트래시 토크를 들어왔던 민우는 상대 포수의 친근함에 잠시 어리둥절한 표정을 지어 보이고는 고개를 끄덕였다.

"어. 이제 막 합류했지."

민우의 대답에 피식 웃어 보인 포수가 고개를 끄덕이며 앞을 바라봤다.

"잘해보라고. 더블A는 그리 호락호락하지 않으니까."

의외의 친절함에 민우는 잠시 말없이 포수를 바라봤다.

그리고 민우가 앞을 바라보며 타격 자세를 취할 때, 포수가 다시 입을 열었다.

"초구는 커브야."

'뭐지?'

뜬금없이 투수가 던질 구종을 알려주는 포수의 모습에 민우의 신경이 분산될 때, 투수가 와인드업 자세를 취하며 빠르게 공을 뿌렸다.

슈우욱!

투수의 손을 떠나 날아오는 공의 궤적을 본 민우의 눈이 휘둥그레졌다.

'진짜 커브잖아?'

스트라이크존의 바깥쪽에 걸칠 듯이 날아오는 공에 민우가 본능적으로 허리를 쭉 빼며 배트를 휘둘렀다.

툭!

민우가 내민 배트의 끝부분에 부딪친 공이 크게 바운드되며 3루 측 파울라인을 크게 벗어나며 파울이 되었다.

민우는 잠시 황당한 표정으로 포수를 바라봤지만 포수는 아무것도 모른다는 듯 앞을 바라보고만 있었다.

'트래시 토크를 날리는 녀석 중에 타자에게 일부러 구종을

알려주면서 혼란을 주는 유형이 있다더니… 이 녀석이 그런 녀석이구나.'

구종을 알려주는 유형은 타자가 다음 공이 무엇이 날아올지 예측하는 데에 꽤나 거슬리는 타입이었다.

만약 타자가 예측해서 선택한 구종이 들어오면 타자로서도 별다른 타격이랄 것이 없다.

하지만 포수가 일부러 알려준 구종을 투수가 진짜로 던지는 경우라면 이야기가 달라진다.

만약 포수가 알려준 구종이 들어왔는데 타자가 그 공을 때려내지 못하면 타자는 여러 가지 감정이 교차하게 된다. 볼 배합을 읽는데 실패한 것에 더해 상대 포수에게 농락당했다는 패배감이 들 때도 있다.

이것이 결국 타자가 '혹시 다음 공도 이 공이 아니라 저 공이 아닐까?'라는 식의 생각을 가지게 하면서 다음 공에 대한 스스로의 예상에 100% 확신을 가지지 못하게 만드는 것이다.

이렇게 볼 때, 타자의 입장에서는 욕을 하거나 화를 내는 포수가 맞받아치거나 무시하기 쉬우니 차라리 더 낫다고 할 수 있었다.

민우는 이런 경우를 처음 겪는 것이기에 잠시 당황했지만 상대편 포수가 가르쳐 주는 것을 무조건 믿는 것은 멍청한 짓이라는 생각을 떠올리고는 고개를 저었다.

'평정심이 중요해. 이 녀석은 우리 팀 포수가 아니야. 항상

맞는 볼 배합을 가르쳐 줄 리도 만무하고 휘말려서는 안 된다. 무시하자.'

민우는 포수에게서 신경을 꺼버리고는 자신이 때렸던 커브의 궤적을 되새겼다.

'커브의 낙폭을 조절할 수 있는 건가? 앞 타자들에게 던졌던 커브보다 낙폭이 조금 더 큰 것 같은 느낌인데. 좀 더 주의해야겠어.'

"다음은 투심 패스트볼이야."

포수가 넌지시 말을 건네왔지만 민우는 그 말을 가볍게 무시하고는 타격 자세를 취했다.

'90마일 정도면 보고 판단해도 늦지 않지.'

민우가 믿는 것은 능력치가 보정해 주는 동체 시력이었다.

포수의 사인을 받은 투수가 이내 빠르게 공을 뿌리기 시작했다.

슈욱!

팡!

"볼!"

캐롤의 2구는 스트라이크존 아래로 떨어지는 체인지업이었다.

'이거 타석에서 봐도 구분이 잘 안 되는걸.'

예상은 하고 있었지만 거의 똑같은 폼에서 뿌려지는 체인지업에 고개가 절로 저어졌다.

이후 3구는 스트라이크존을 벗어나는 커브로 유인구를, 4구는 허를 찌르는 하이 패스트볼로 스트라이크를 잡으며 볼카운트는 2볼 2스트라이크가 되었다.

"이봐. 내 말을 믿으라고. 이번엔 투심 패스트볼이야."

민우가 자신의 말을 전혀 신경 쓰지 않는다는 것을 알면서도 포수는 꿋꿋이 투수가 어떤 공을 던지리라는 것을 민우에게 이야기하고 있었다.

그리고 그 모습에 감동을 한 듯, 민우가 가볍게 고개를 끄덕이며 대답해 주었다.

"그래? 그럼 한번 믿어보지."

민우의 반응에 포수가 피식 웃음을 보이고는 투수에게 사인을 보내기 시작했다.

'하이 패스트볼을 보여줬으니 낮은 코스로 체인지업을 던져서 헛스윙을 유도해 보자.'

포수의 사인에 가볍게 고개를 끄덕인 투수가 크게 숨을 내쉬며 와인드업 자세를 취했다.

슈우욱!

투수의 손에서 공이 떠나는 순간, 민우의 눈이 빛나며 입가에 미소가 피어올랐다.

'너희들이 하나 간과한 게 있다면……'

강하게 스트라이드를 내디딤과 동시에 민우의 허리가 빠르게 돌아가며 그 뒤를 따라 배트가 벼락같이 튀어나왔다.

'내가 배터 박스의 앞에 자리를 잡고 있다는 걸 놓쳤다는 거지.'

따아악!

민우가 휘두른 배트와 캐롤이 뿌린 공이 홈 플레이트 앞에서 강하게 맞부딪치며 경쾌한 타격음이 경기장에 울려 퍼졌다.

그와 함께 민우가 체중을 실어 제대로 당겨 친 타구가 우측 펜스를 향해 빠르게 쏘아져 날아가기 시작했다.

민우는 잠시 자신이 때려낸 타구가 날아가는 모습을 바라보고는 배트를 옆으로 던지며 천천히 베이스를 돌기 시작했다.

경기장에 있던 모두의 시선이 민우가 때려낸 타구가 날아가는 방향을 따라서 위로, 옆으로 빠르게 돌아가는 모습이 보였다.

끝을 모르고 날아가던 타구는 우측 펜스를 지나서도 한참을 더 날아가 시야에서 사라지며 초대형 홈런이 나왔음을 알렸다.

관중석에서 설마 하는 표정을 짓고 있던 팬들은 시야에서 타구가 사라짐과 동시에 만세를 부르며 우레와 같은 환호성을 쏟아내기 시작했다.

"우와아아아아!!"

"꺄아악!"

"하나 날려 달라니까 진짜로 날렸어!"

"대박!! 이건 최소 460피트(140m)는 날아갔을 거야!"

"으하하하. 슈퍼 루키가 나타났다!"

―제5구! 끌어당긴 타구!! 우측으로!!! 이건 볼 것도 없네요! 총알같이 쏘아져 날아가는 타구가 담장을 훌쩍 넘어갑니다!! 강민우 선수의 시즌 1호 홈런!

―아무도 몸을 움직이지 않았습니다. 우익수는 쫓아갈 생각조차 하지 못하고 타구를 그저 멍하니 바라보고 있습니다! 맞는 순간 눈이 튀어나올 정도로 엄청난 비거리의 타구가 나왔습니다! 와우~

―강민우 선수가 정말 대단한 펀치력을 보여줍니다! 저 체구에서 저런 엄청난 홈런이 나오리라고는 상상조차 못했는데요. 왜 나를 이제 콜 업을 시킨 거냐고 항의라도 하는 듯, 자신의 더블A 첫 타석에서부터 엄청난 홈런포를 쏘아 올렸습니다!

―자, 다시 보시면요. 머드캣츠 배터리가 선택한 공은 스트라이크존 아래로 떨어지는 체인지업이었습니다만, 공이 미처 다 떨어지기도 전에 벼락같이 돌아간 배트가 타구를 하늘 높이 날려 버립니다! 이건 배터리의 미스라고 봐야겠네요.

―맞습니다. 강민우 선수가 배터 박스의 앞쪽 라인에 발을 걸치고 있는데요. 저도 저렇게 극단적으로 배터 박스의 앞쪽

에 자리를 잡는 타자를 최근에 본 기억이 없는데요. 그래서일까요. 상대 배터리가 그 점을 미처 신경 쓰지 못하고 한가운데 체인지업을 던진 것이고요. 강민우 선수는 먹음직스럽게 날아오는 체인지업을 아주 맛있게 한입에 먹어치워 버렸습니다!

─하하. 정말 첫 타석부터 여러 사람을 놀라게 만드는군요. 강민우 선수의 시즌 1호 솔로 홈런이 나오면서 채터누가가 한 점 먼저 앞서나갑니다!

관중석에 앉아 민우가 다이아몬드를 도는 모습을 바라보고 있는 두 노인의 표정은 꽤나 우스웠다.

맥주잔을 구겨 쥐었던 노인은 입을 벌린 채 허탈한 표정을 짓고 있었고, 그 옆자리에 앉은 노인은 웃음을 참는 듯 얼굴을 우스꽝스럽게 일그러뜨리고 있었다.

"끅. 크하하핫!"

결국 웃음을 터뜨리고 만 노인이 만족스러운 표정을 지으며 어느새 또 한 컵의 맥주를 마시고 있는 노인의 어깨를 격하게 두드렸다.

"아이고, 이를 어쩌나. 첫 타석부터 홈런을 때려낼 줄은 몰랐지? 후후후."

노인의 행동에 맥주가 담긴 컵을 쥔 손을 부들부들 떨던 노인이 어깨를 털며 손을 떼어냈다.

툭!

"그 손 치우게! 에잉! 그래! 이번 건 자네가 이겼고! 100달러 걸고 한 판 더 하세! 조건은 똑같이 홈런으로!"

그 도발에 이미 1승을 거둔 노인이 '호오' 하는 표정을 지어 보였다.

"나는 져도 본전치기지만, 자네는 손해가 막심할 텐데~ 정말 괜찮겠는가?"

"흥! 왜? 쫄리는가? 쫄리면 뒤지시던가!"

"쫄려? 으허허허. 좋아! 내기 성립일세! 나중에 딴소리를 하거나 하지는 않겠지? 여기 증인도 있으니 딴소리하기 없기일세!"

"흥! 자네야말로 딴소리하지 말게!"

두 노인이 내기를 하는 모습을 바라보다 얼떨결에 증인이 된 청년이 고개를 절레절레 저었다.

띠링!

[히든 퀘스트─데뷔 첫 타석에서 홈런을 날려라!(연계) 결과.]

─더블A 데뷔 첫 타석에서 큼지막한 홈런을 날려 보냈습니다.

─하이 싱글A 데뷔 첫 타석 홈런에 이은 연속 기록을 달성했습니다.

─리그 당 단 한 번 밖에 찾아오지 않는 첫 타석에서 홈런을 기록하며 유일무이한 기록을 남겼습니다.

─퀘스트 성공 보상으로 영구적으로 파워 +2가 상승합니다.
1,000포인트가 지급됩니다.

띠링!
─모든 능력치가 레어 등급을 달성했습니다.
─업적 달성으로 2,000포인트가 지급됩니다.

홈 플레이트를 밟는 순간 눈앞에 떠오른 두 개의 알림창에 민우의 입이 찢어져라 벌어졌다.

'헐! 대박! 히든 퀘스트에 업적까지! 순식간에 3,000포인트! 진짜 대박이다!'

민우가 예상치 못한 엄청난 보상에 환한 미소를 지으며 더그아웃으로 다가오자 감독인 수베로도 덩달아 기분 좋은 미소를 보이며 민우를 향해 손을 내밀었다.

'수비에 공격까지 완벽하군. 이제 겨우 한 타석이지만 걱정할 필요는 없겠어.'

"아주 멋진 홈런이었다."

"감사합니다."

감독의 하이파이브를 받으며 더그아웃으로 들어서던 민우는 선수들이 모두 난간에 기댄 채 자신을 외면하는 모습에 발걸음을 늦추며 고개를 갸웃거렸다.

'뭐지? 갑자기 다들 왜이래? 설마……'

민우가 얼떨떨한 표정을 지은 채 조심스레 더그아웃의 중간 즈음에 이른 순간.

턱!

"헉!"

뒤에서 누군가가 자신을 덮치는 느낌과 함께 선수들이 우르르 달려와 민우의 헬멧과 등판을 두드리기 시작했다.

"야아아!"

"더블A 첫 홈런 축하한다!"

"크하하핫!"

"나도 이런 거 한 번 해보고 싶었어!"

"이 맛에 루키를 놀리는구나!"

선수들은 와자지껄하게 한 마디씩을 내뱉으며 민우를 향해 뒤늦게 환한 미소를 보이고 있었다.

등판이 울리는 와중에 실눈을 뜬 채 그 모습을 바라본 민우가 그제야 입가에 다시 미소를 지어 보였다.

민우의 뒤에서 달려들었던 고든이 입꼬리를 씨익 말아 올리고는 민우의 헬멧을 벗겨주었다.

"크크크. 놀랐지?"

"처음 겪어봐서 깜짝 놀랐어. 원래 이렇게들 하는 거야?"

더그아웃의 의자에 털썩 주저앉으며 던지는 민우의 물음에 고든이 가볍게 고개를 저었다.

"아니. 이건 우리끼리 정한 거야. 데뷔 첫 타석에서 홈런을 친 녀석에게만 하기로 했었거든. 그런데 여태까지 아무도 안 나왔다는 게 문제라면 문제였지. 그래서 선수들이 새로 올 때마다 다들 벼르고 벼르던 참이었는데 마침 네가 홈런을 때려주니까 다들 신나서 달려든 거야. 후후후."

고든의 상쾌하다는 듯한 표정에 민우가 피식 웃으며 고개를 끄덕였다.

'메이저리그에서만 이런 장난을 치는 줄 알았는데, 마이너리그에서도 이러는 팀이 있구나.'

식스티 식서스에서는 겪어보지 못했던 이런 장난에 색다른 기분이 느껴졌다.

'후후. 나도 한 번 해보고 싶은데, 누가 올라와서 홈런 하나 안 때려주려나.'

"스트라이크~ 아웃!"

민우가 잠시 생각에 잠긴 사이, 7번 타자인 페드로자가 삼진으로 물러나며 채터누가의 공격은 더 이상 이어지지 못하고 끝이 나고 말았다.

이후 소강상태를 보이던 양 팀의 공격은 5회 말, 민우의 2루타에 이은 페드로자의 1타점 적시타로 민우가 홈을 밟으며 채터누가가 한 점을 더 앞서나가기 시작했다.

7회 초, 머드캣츠의 클린업트리오의 타석이 돌아왔다.

수베로 감독은 승기를 굳히기 위해 6이닝을 무실점으로 잘 틀어막은 알바레즈를 마운드에서 내려 보내고 좌완 투수인 파이퍼를 등판시켰다.

파이퍼는 데뷔 7년 차 투수로 최고 구속 96마일(154㎞)의 빠른 패스트볼에 스플리터, 커브를 섞어 던지며 타자들의 헛스윙을 유도하는 유형의 투수였다.

이 중 스플리터는 패스트볼에 맞먹는 구속에 패스트볼과 비슷한 궤적으로 날아오다 밑으로 꺼지는 특성을 보여 타자들의 헛스윙이나 땅볼을 유도하는데 용이한 구종이었다.

파이퍼는 5시즌 동안 싱글A에 머물다 지난 시즌 스플리터를 새로 장착해 결정구로 사용하기 시작하면서 성적이 급상승하여 더블A에 합류한 상태였다.

파이퍼는 올 시즌에도 이 스플리터를 주무기로 사용하여 2점대의 방어율을 기록하며 채터누가의 허리를 든든하게 지켜주고 있었다.

슈우욱!

팡!

"스트라이크 아웃!"

"젠장! 퉤!"

파이퍼의 3구째 스플리터에 크게 헛스윙을 한 머드캣츠의 3번 데이브가 거친 욕설을 내뱉으며 침을 뱉고는 더그아웃으로 돌아가는 모습이 보였다.

멀리서 글러브를 주물럭거리며 그 모습을 바라보던 민우는 감탄에 찬 눈빛으로 파이퍼를 바라보고 있었다.

'확실히 큰 키에서 내리꽂으니 위력이 배가 되는구나. 공이 제대로 떨어지네. 어?'

민우는 파이퍼가 인상을 살짝 찌푸리는 모습에 고개를 갸웃거렸다.

'무슨 문제라도 있는 건가?'

자신이 혹시나 잘못 본 것은 아닐까 하는 마음에 민우는 파이퍼의 얼굴을 다시 살펴봤다.

하지만 파이퍼는 언제 그랬냐는 듯 무표정한 얼굴로 잠시 외야를 훑어보고는 포수 쪽으로 몸을 돌려 버렸다.

'마지막 공을 던지고 뭔가 문제가 생긴 건 아니겠지?'

민우는 본능적으로 느껴지는 불안감에 설마 하는 마음이 들었지만 이내 고개를 저었다.

'너무 멀어서 잘못 본 거일 수도 있어. 일단 지켜보자.'

이후 파이퍼는 4번 타자인 앙리를 상대로 계속해서 위력적인 공을 뿌리며 볼카운트를 2볼 2스트라이크까지 몰아갔다.

하지만 앙리를 상대로는 스플리터를 한 개도 던지지 않는 모습을 보이고 있었다.

포수인 마이어는 앙리를 힐긋 바라보고는 가랑이 사이로 손을 집어넣어 빠르게 움직이기 시작했다.

'바깥쪽 스트라이크존 아래로 떨어지는 스플리터.'

마이어의 사인을 받은 파이퍼가 아주 잠깐 뜸을 들이더니 이내 고개를 끄덕거렸다.

그리고 크게 숨을 한 번 내뱉고는 와인드업 자세에 들어갔다.

슈우욱!

파이퍼의 손을 떠난 공은 패스트볼의 궤적을 그리며 스트라이크존의 한가운데를 향해 뻗어가기 시작했다.

그리고 마운드와 홈 플레이트의 중간쯤에 이르자 서서히 아래로 꺾이기 시작했다.

하지만 공을 뿌린 파이퍼의 표정은 살짝 찌푸려져 있었다.

딱!

앙리가 힘을 살짝 뺀 채 가볍게 돌린 배트에 부딪힌 타구가 3루수와 유격수 사이를 절묘하게 가르며 외야를 향해 빠져나갔다.

좌익수가 혹시나 공을 뒤로 흘릴 것을 대비해 그 뒤쪽으로 달려가던 민우는 좌익수가 공을 안전하게 포구해 내야로 뿌리는 모습을 보며 마운드로 시선을 돌렸다.

'뭐지? 처음 뿌렸던 스플리터보다 낙폭이 적어졌는데?'

외야에서 파이퍼와 앙리의 대결을 지켜보던 민우는 어설프게 떨어지는 스플리터를 앙리가 가볍게 당겨 쳤다는 느낌을 받고 있었다.

그리고 이런 느낌은 민우만 느낀 것이 아닌 듯, 포수인 마이어도 투수의 변화를 어렴풋이 감지하고 있었다.

'생각보다 공이 밋밋했는데. 손가락에서 빠진 건가? 물어봐야 하나?'

마운드를 방문할까 잠시 고민을 하던 마이어는 이내 고개를 저었다.

'이제 겨우 안타 하나를 맞았을 뿐이야. 섣불리 움직였다가 괜히 불안감만 심어줄 수 있으니까 조금 더 지켜보자.'

주자는 겨우 1루에 나가 있을 뿐이었고, 병살타를 유도한다면 바로 이닝을 마무리할 수 있는 상황이었다.

타석에 5번 타자인 에릭이 들어서는 모습을 본 마이어가 우려를 잠시 접어두고는 빠르게 사인을 보내기 시작했다.

'에릭은 오늘 타격감이 좋으니까 최대한 낮게. 낮게 제구하자고. 바깥쪽 낮은 코스로 패스트볼을 꽂아 넣어.'

포수가 양팔을 벌려 아래로 내리는 제스처를 취한 뒤, 미트를 앞으로 내밀어 포구를 할 준비를 마쳤다.

이윽고 고개를 끄덕인 파이퍼가 공을 뿌리기 시작했다.

슈우욱!

팡!

"스트라이크!"

슈욱!

슈욱!

틱!

에릭은 스트라이크존으로 향하다가 아래로 푹 하고 꺾이는 스플리터를 배트 끝으로 겨우 커트해 내며 몸을 휘청거렸다.

2볼 2스트라이크 상황에서 들어온 회심의 1구를 겨우 걷어 낸 에릭이 잠시 장갑을 매만지며 파이퍼를 노려봤다.

'낙폭이 건드리지 못할 수준은 아니네?'

에릭은 더그아웃에서 나오기 전, 파이퍼의 스플리터에 노림수를 가져 보라는 타격 코치의 조언을 떠올리고는 고개를 끄덕였다.

'좋아. 한번 노려보자고.'

이런 에릭의 속마음을 모르는 마이어는 초구에 이어 4구까지 원하는 위치에서 크게 벗어나지 않고 꽂히는 모습에 고개를 끄덕이고 있었다.

'좋아. 제구는 크게 나쁘지 않아. 아까는 단순히 손가락에서 빠진 걸 수도 있어.'

여전히 볼카운트는 2볼 2스트라이크를 유지하고 있었다.

'스플리터를 연속으로 던져서 녀석의 허를 찌르자.'

마이어가 손가락을 이리저리 돌리며 사인을 보내자 파이퍼가 미간을 살짝 움찔거리더니 굳은 얼굴로 고개를 끄덕거렸다.

이윽고 글러브를 가슴팍으로 끌어 올리며 잠시 1루 주자를 바라본 파이퍼가 세트 포지션으로 공을 뿌렸다.

'큭.'

동시에 팔꿈치에서 느껴지는 찌릿한 느낌에 파이퍼가 인상을 콱 찌푸렸다.

슈우욱!

파이퍼의 손을 떠난 공이 홈 플레이트를 향해 날아오자 에릭이 눈을 빛내고는 빠르게 배트를 내돌렸다.

따악!

스트라이크존의 낮은 코스로 밋밋하게 꺾여 내려가던 스플리터가 에릭의 배트와 부딪히며 묵직한 타격음을 내뿜었다.

쑤아악!

'헉!'

공을 뿌린 뒤, 중심을 잡으려던 파이퍼는 눈앞으로 쏘아져 날아오는 타구에 급히 허리를 숙이며 머리를 감쌌다.

바람을 가르는 소리를 내며 아슬아슬하게 파이퍼의 머리 위로 스쳐 지나간 타구는 2루 베이스를 넘어 외야로 날아가기 시작했다.

타다다닷!

민우는 에릭이 배트를 휘두르자마자 그라운드에 나타나는 반구를 보고 곧장 앞으로 튀어나가 바운드된 타구를 잡으며 곧장 주자의 위치를 확인했다.

하지만 2루에 도착한 1루 주자는 3루까지 뛸 생각이 없는 듯 베이스 위에 발을 댄 채 민우를 바라보고만 있었다.

그 모습에 가볍게 2루로 공을 토스한 민우는 시선을 돌려 마운드 위에서 엉덩이에 묻은 흙을 털고 있는 파이퍼를 바라봤다.

'스플리터의 위력이 현저히 떨어지고 있어. 팔꿈치에 문제가 생긴 건가?'

손가락을 벌려 던지는 스플리터는 팔꿈치에 굉장히 많은 무리를 주는 구종으로 알려져 있었기에 메이저리그에서도 흔하게 볼 수 있는 구종이 아니었다.

하지만 체인지업이 맞지 않는 투수들이 부상 위험을 무릅쓰고 체인지업을 대신해 스플리터를 장착하는 모습을 보였고, 파이퍼도 같은 이유로 스플리터를 주무기로 삼은 투수였다.

투수가 아님에도 이런 점을 어렴풋이 알고 있던 민우였기에 파이퍼가 스플리터를 연속해서 통타당하는 것에 일말의 불안감이 피어오르고 있었다.

—아~ 타구가 마운드로 향하며 위험한 상황이 연출될 뻔했습니다. 파이퍼가 크게 놀라며 주저앉은 사이 타구는 내야를 뚫는 1루타가 됩니다. 1루 주자는 2루까지. 1사 1, 2루가 됩니다.

—파이퍼가 1아웃을 잡아놓고 2타자 연속 안타를 맞으며 위기를 맞네요. 안타를 맞은 구종은 모두 스플리터거든요? 스트라이크존 아래로 떨어져야 하는 공이 어정쩡하게 떨어지며 타자가 치기 좋게 들어가는 모습을 보였습니다. 채터누가의 포수가 마운드로 다가가네요.

마운드에 오른 마이어는 미트로 입을 가리며 파이퍼를 바라봤다.

"파이퍼. 스플리터가 처음보다 조금 높게 형성되는… 뭐야? 안색이 왜 이래? 어디 불편한 데라도 있는 거야?"

조금 전에 안타를 맞은 것에 대해 이야기를 꺼내던 마이어는 가까이서 본 파이퍼의 안색이 그리 좋지 않아 보이자 표정을 굳혔다.

하지만 마이어의 물음에 파이퍼는 천천히 고개를 저어 보였다.

"아무 일도 없어. 안타를 맞은 게 신경 쓰여서 그러는 거니까 괜한 걱정 말고 내려가."

곧 무어라 말을 뱉으려던 마이어는 이내 입을 다물며 고개를 가로저었다.

'내가 너무 예민한 건가? 내가 괜히 투수의 평정심을 흐트러뜨리는 건 아닐까?'

"후우. 알겠어. 그럼 최대한 아래쪽을 노린다는 생각으로 던져 봐. 오케이?"

"알았어."

파이퍼가 굳은 표정으로 고개를 끄덕이자 잠시 그 모습을 바라보던 마이어가 파이퍼의 엉덩이를 툭 치고는 되돌아갔다.

마이어에게서 시선을 돌린 파이퍼는 타석으로 다가오는 멘데즈를 바라보며 미간을 찌푸렸다.

'내 스플리터가 먹히지 않는다고? 그건 내 존재 가치를 부
정하는 일이야.'

그런 파이퍼의 턱을 타고 굵은 땀방울이 천천히 흘러내리고
있었다.

＊　　　＊　　　＊

타석에는 머드캣츠의 6번 멘데즈가 들어서고 있었다.

멘데즈는 이번 시즌 0.298의 타율에 홈런 6개를 기록하고
있는 타자였는데, 멘데즈에게 홈런을 맞은 투수 목록에는 파
이퍼도 포함되어 있었다.

멘데즈 역시 타격 코치에게 스플리터를 놓치지 말라는 이
야기를 들은 상태였다.

대기 타석에서 파이퍼의 스플리터가 밋밋하게 들어오는 모
습을 본 멘데즈의 입가에 옅은 미소가 피어 있었다.

슈우욱!

팡!

파이퍼의 손을 떠난 공이 스트라이크존의 바깥쪽으로 크
게 떠올랐다 안쪽을 향해 휘어지며 포수의 미트로 빨려 들어
갔다.

마이어는 미트를 든 채, 움찔하며 스트라이크를 확신하는 모습이었다.

하지만 주심은 볼이라고 판단한 듯 한 걸음 뒤로 물러선 채 손을 들어 올리지 않았다.

'아……'

기다렸던 반응이 나오지 않자 마이어가 눈을 감으며 고개를 갸웃하는 모습으로 아쉬움을 표했다.

―제6구는 볼입니다. 바깥쪽으로 아슬아슬하게 걸치는 커브를 던졌지만 주심의 손이 올라가지 않습니다. 볼카운트는 3볼 2스트라이크. 풀카운트가 됩니다.

외야에서 포수 미트에 꽂히는 공을 바라본 민우 역시 볼로 판정이 되자 상당히 아쉬운 표정을 짓고 있었다.

'와. 저걸 안 잡아 주냐.'

분명 여태껏 잘 잡아주던 코스에 꽂은 것임에도 주심의 손이 올라가지 않자 답답한 마음이 들었다.

한편으론 불안한 마음도 스멀스멀 일어나기 시작했다.

'꼭 이런 애매한 판정 다음엔 한 방 얻어맞던데… 아니길 바라야겠지.'

제자리에서 가볍게 점프를 하며 발을 푼 민우는 이내 허리를 가볍게 숙이며 어느 방향으로든 튀어나갈 준비를 마쳤다.

동시에 파이퍼가 세트 포지션으로 빠르게 공을 뿌렸다.

슈우욱!

파이퍼의 손을 떠난 공은 마치 느린 패스트볼처럼 밋밋한 궤적을 그리며 스트라이크존 한복판으로 날아가고 있었다.

순간, 눈을 빛내며 스트라이드를 크게 내디딘 멘데즈가 어퍼 스윙으로 공을 강하게 퍼 올렸다.

따아악!

멘데즈의 배트가 내지른 경쾌한 타격음이 그라운드를 타고 순식간에 민우의 귓가를 울렸다.

'왜 슬픈 예감은 틀린 적이 없냐.'

타타탓!

민우는 우중간 펜스를 향해 날아가는 타구를 바라보며 씁쓸한 표정을 짓고는, 화살표가 가리키는 방향으로 빠르게 달려가기 시작했다.

하지만 화살표의 색깔은 회색에서 변할 생각이 없어 보였고, 타구의 궤적을 보여주는 라인도 높게 솟은 펜스 너머로 이어져 있었다.

이윽고 워닝 트랙에 도달한 민우가 타구의 위치를 확인하고는 펜스를 밟고 두어 걸음을 타고 오르며 글러브를 쭉 뻗어보았다.

'제바아알. 닿아라!'

하지만 6m에 가까운 펜스 끝까지 오르는 것은 무리라는 듯, 눈앞에 그려진 라인이 너무나도 멀게만 느껴졌다.

잠시 공중에 떠올랐던 민우는 그라운드로 떨어져 내리며 타구가 펜스를 넘어가는 것을 바라보고 있을 수밖에 없었다.

'역시 무리냐.'

탁!

"와아아아!"

민우가 바닥에 떨어져 내림과 동시에 먼 곳에 자리한 관중석에서 원정 팬들로 보이는 이들이 환호성을 내질렀다.

그 소리에 내야를 향해 시선을 돌려보니 다이아몬드를 여유롭게 돌고 있는 멘데즈의 모습이 보였다.

"젠장."

2점 차의 아슬아슬한 리드를 이어가던 채터누가는 결국 멘데즈의 스리런 홈런 한 방에 뼈아픈 역전을 허용하고 말았다.

채터누가는 홈런을 얻어맞은 파이퍼를 뒤늦게 강판시켰고, 뒤를 이어 등판한 투수인 후버가 남은 아웃 카운트를 빠르게 채우며 더 이상의 실점 없이 이닝을 마무리 지었다.

이후 7회 말, 주자 2루 상황, 다시 한 번 돌아온 득점 기회에서 민우가 잘 때린 타구가 유격수 직선타가 되며 허무하게 물러나고 말았고, 후속 타자들도 범타로 물러나며 재역전의 불씨는 점점 사그라지는 듯 보였다.

그리고 9회 말, 채터누가의 정규 이닝 마지막 공격 기회.

선두 타자로 나선 샌즈가 유격수 앞 땅볼로 허무하게 물러나고 말았고, 4번 스미스마저 삼진을 당하며 순식간에 아웃 카운트 2개가 채워졌다.

그리고 타석에는 5번 타자인 페레즈가 들어서고 있었다.

"페레즈! 페레즈!"

"홈런! 홈런!"

대기 타석을 벗어난 페레즈는 홈 팬들의 간절한 목소리를 들으며 배트를 다잡은 채 타석으로 걸어가며 투수를 노려봤다.

마운드 위에는 9회 말 등판한 좌완 호스트가 페레즈를 바라보고 있었다.

호스트는 포심 패스트볼 구속이 90마일(144㎞)에 불과했지만 83마일대의 각이 예리한 슬라이더와 낙폭이 큰 체인지업을 결정구로 사용하며 2점대 방어율을 유지하고 있는 투수였다.

스위치히터인 페레즈는 호스트가 뿌리는 슬라이더의 예리함을 떠올리고는 우타자 타석으로 들어서 자리를 잡기 시작했다.

대기 타석에서 호스트가 뿌리는 구종에 타이밍을 맞추던 민우는 더그아웃 위쪽 관중석에서 들려오는 소란에 귀를 쫑긋 세웠다.

"조금 전에 테네시 스모키스가 졌다고 뉴스가 떴어!"

"뭐? 그럼 오늘 이기면 승차 없이 동률이라는 말이잖아!"

"그런 거지! 아아, 제발. 한 방만 날려줘라! 페레즈!"

"홈런! 홈런!"

귀에 익은 팀 이름이 들려오자 민우는 배트를 좌우로 번갈아 잡아 돌리며 생각에 잠겼다.

'테네시 스모키스는… 분명 채터누가를 제치고 1위를 차지한 팀이었지. 그 팀이 졌다는 건, 오늘 경기의 승리가 더더욱 중요하다는 말이고.'

오늘 경기를 제외하면 전반기 채터누가의 잔여 경기는 단 6경기였다.

그렇기에 1경기 차이는 그렇게 적은 수치가 아니라고 할 수 있었다.

생각을 마친 민우가 마운드에서 공을 뿌리는 호스트에게 정신을 집중했다.

[호스트, 26세]

—구속[R, 66(76%)/100], 제구[R, 62(46%)/100], 멘탈[E, 59(61%)/100], 회복[R, 67(35%)/100].

—종합[R, 254/400]

'멘탈이 엑스퍼트야. 그럼 '투기 발산'의 성공 확률은 50%니까… 스킬을 사용하기엔 최적의 조건이다. 문제는 페레즈가 나한테 기회를 줘야 한다는 건데……'

슈우욱!

팡!

"스트~ 라이크!"

민우가 생각에 잠긴 사이 볼카운트는 1볼 2스트라이크로 바뀌며 페레즈에게 불리한 상황이 되어 있었다.

'후우.'

9회 말 2아웃, 페레즈마저 아웃이 된다면 민우가 타석에 들어서 스킬을 사용할 기회도 없이 경기는 끝나 버릴 것이다.

'안타 하나만 쳐라. 단타 하나면 충분해.'

민우는 간절한 마음으로 페레즈가 호스트를 상대하는 것을 바라보기 시작했다.

포수의 사인을 확인한 호스트가 천천히 고개를 끄덕이고는 허리를 폈다.

잠시 뒤, 호스트가 숨을 크게 내쉬고는 와인드업 자세를 취하며 빠르게 공을 뿌렸다.

슈우욱!

호스트의 손을 떠난 공은 홈 플레이트에 가까워질수록 점점 횡으로 휘어지며 떨어지는 모습을 보였다.

'슬라이더!'

빠른 공에 타이밍을 맞춰 스트라이드를 크게 내디뎠던 페레즈가 인상을 찌푸림과 동시에 배트 속도를 힘겹게 줄여 나갔다.

하지만 페레즈의 그런 노력에도 불구하고 배트는 공보다 빠르게 홈 플레이트 위를 지나쳤고, 배트 끝부분으로 공을 건드리고 말았다.

딱!

그 충격에 배트가 크게 휘청거리며 둔탁한 소음을 내뱉었다.

타구가 홈 플레이트 앞에서 바운드되는 것을 본 페레즈는 높은 확률로 아웃될 것을 직감했지만 실낱같은 희망을 품은 채 1루를 향해 전력으로 달려가기 시작했다.

타다닷!

바로 그때.

툭!

유격수 앞에서 한 번 더 바운드가 된 타구가 불규칙하게 튀어 올라 유격수의 얼굴을 때리며 튕겨 나갔다.

"억!"

이런 상황을 미처 예상하지 못한 듯, 당황과 고통이 섞인 비명을 내지른 유격수가 얼굴을 와락 구긴 채 공을 찾아 헤매는 모습을 보였다.

그리고 그 버벅거림은 페레즈가 살기에는 충분한 시간을 만들어 주었다.

팡!

"세이프!"

뒤늦게 유격수가 공을 주워 1루로 뿌렸지만 아슬아슬한 타이밍으로 1루를 통과한 페레즈는 1루심의 세이프 판정에 환한 미소를 지어 보이고 있었다.

―쳤습니다! 크게 튀어 오른 타구가 유격수 앞에서 불규칙한 바운드를 일으키며 얼굴을 맞고 옆으로 빠져나갔습니다.

그사이 타자 주자는 1루로~ 세이프! 세이프입니다! 페레즈 선수가 출루에 성공하면서 9회말 2아웃, 주자 1루가 만들어집니다.

―아~ 지금 이건 유격수의 실책성 플레이네요. 앞으로 나가면서 전진 수비를 해주었다면 바운드된 타구가 떨어지기 전에 훨씬 편안하게 잡아낼 수 있었을 텐데요.

페레즈의 타구를 유격수가 제대로 처리하지 못하면서 채터누가가 승리의 불씨를 다시 지피고 있습니다. 다음 타자는 오늘 홈런포를 쏘아 올린 주인공, 강민우 선수입니다.

"와아아아!"

"잘했어!!"

"나이스 배팅!"

조마조마하게 그 장면을 바라보고 있던 관중들을 시작으로 더그아웃의 선수들까지 한마음으로 환호성을 내질렀다.

"좋아!"

민우 역시 페레즈가 1루를 밟는 순간 주먹을 들어 올리며 짧은 환호성을 내뱉은 뒤, 천천히 타석을 향해 발걸음을 옮겨 갔다.

호스트는 유격수의 방금 전 실책이 마음에 들지 않는 듯 미간에 주름이 잡혀 있는 상태였다.

그 모습을 발견한 민우가 속으로 웃음을 보이고는 아껴뒀 던 스킬을 발동시켰다.

'투기 발산.'

지잉!

[투기 발산의 효과가 성공적으로 적용되었습니다.]

[호스트의 구속과 제구 능력치가 10% 하락합니다.]

무조건 발동인 대도 스킬과는 달리 성공 확률이 존재하는 스킬이라는 것을 알려주는 듯, 스킬을 발동함과 동시에 성공 여부와 그 효과가 시야에 표시되었다.

'성공이다!'

반반의 확률이었지만 스킬 사용에 성공한 것을 확인한 민 우가 호스트의 얼굴을 살폈다.

하지만 투수에게 특별히 영향을 주는 것은 없는지 호스트 의 표정엔 별 변화가 보이지 않는 모습이었다.

그 모습에 민우가 입가에 진한 미소를 지었다.

'공을 던지기 전까지는 모르지 보군. 후후후.'

민우의 입꼬리가 올라가는 모습을 발견한 머드캣츠의 포수가 무어라 말을 하려다가 이내 입을 다물었다.

'여기서 큰 거 한 방이면 역전이야. 말장난보다 볼 배합에 더 신경 쓰는 게 낫겠지.'

첫 타석에서 보기 좋게 홈런을 얻어맞은 기억이 있었기에 포수는 신중히 사인을 전달하기 시작했다.

'이 녀석은 위험해. 최대한 낮게. 낮게 던지도록 해. 초구는 밑으로 꺼지는 슬라이더로 가자.'

포수의 요구에 가볍게 고개를 끄덕인 호스트가 1루 주자를 힐긋 바라보고는 세트 포지션으로 공을 뿌렸다.

슈우욱!

'어?'

홈을 향해 공을 뿌린 호스트는 손끝에 느껴지는 감각에 어색함을 느끼며 공의 궤적을 쫓았다.

조금 전까지만 하더라도 완벽한 궤적을 보이던 슬라이더가 밋밋한 궤적을 그리며 생각보다 더 낮게 들어가고 있었다.

팡!

생각보다 너무 낮게 들어오는 타구에 포수가 깜짝 놀란 듯 크게 움찔거리며 공을 겨우 잡아내고는 당황스런 표정으로 투수를 바라봤다.

스트라이크존을 한참 벗어나는 공이었기에 주심은 손을 미동조차 하지 않았다.

그 모습을 바라보던 민우가 시선을 돌려 전광판에 찍힌 구속을 확인했다.

80마일.

'구속도 3마일 이상 떨어졌어. 안 그래도 구속이 느린 투수라 이 정도면 거의 배팅볼이라고 봐도 무방할 정도야. 후후후. 10%가 적은 수치가 아니구나.'

예상보다 훨씬 뛰어난 스킬의 효과에 민우의 입가에 피어오른 미소가 더욱 짙어져 갔다.

'자, 그럼 슬슬 끝내볼까.'

다시 마운드로 시선을 돌린 민우의 눈에 호스트가 손에 공을 쥔 채 만지작거리며 고개를 갸웃거리는 모습이 보였다.

'후후. 아무리 생각해도 왜 그런지는 알 수 없을 거다.'

포수는 호스트가 당황한 듯 자신의 손을 바라보는 것을 보고는 굳은 표정을 지은 채 생각에 잠겼다.

아웃 카운트는 2아웃.

경기 종료까지 단 한 타자를 남겨둔 상태였고, 투구 수도 그리 많지 않았기에 현재 머드캣츠의 불펜은 가동을 멈춘 상태였다.

'이제 겨우 14개를 던졌을 뿐인데… 무슨 일이지? 혹시 몸에 문제라도 생긴 건가? 그런 거라면 큰일인데.'

경기장에서 투수의 변화를 가장 먼저 캐치하고 보듬어야 하는 것이 포수의 역할이었기에, 머드캣츠의 포수는 급히 타임을 요청하고는 빠르게 마운드로 다가갔다.

"호스트, 왜 그래? 손톱이라도 깨졌어?"

미트로 입을 가린 채 묻는 포수에게 호스트가 가볍게 고개를 저어 보였다.

"아니, 손톱은 멀쩡해."

"그래? 그럼 공이 손에서 빠진 거야?"

"아니. 그것도… 사실, 잘 모르겠어. 분명 공은 평소처럼 챈거 같은데… 뭔가 조금 전엔 내 손이 아닌 것 같은 느낌이랄까? 어색한 느낌이었어."

호스트의 애매한 대답에 포수가 우려 섞인 목소리를 냈다.

"그게 무슨 말이야? 손톱 말고 다른 곳에 문제가 생겼다는 뜻이야?"

"아니, 그런 건 아니야. 내 몸에는 아무 문제도 없어."

호스트의 대답에도 약간 못미더운 표정을 짓고 있던 포수는 주심이 마운드를 향해 천천히 다가오는 모습이 보이자 호스트의 어깨를 두드리며 빠르게 입을 열었다.

"확실히 아무 이상도 없다는 말이지? 그럼 다시 한 번 던져봐. 그리고 만약 뒤늦게라도 몸에 문제가 있다고 느껴지면 바로 타임을 요청해. 알았지?"

"알았어."

투수가 고개를 끄덕이며 대답하자 포수가 빠르게 마운드를 내려갔다.

포수가 마운드에서 내려오는 모습을 본 주심이 다시 홈 플레이트 쪽으로 되돌아가며 곁에 다가온 포수를 바라봤다.

"맥머레이. 경기를 너무 지체시키지 마라."

그 모습에 포수가 웃음을 보이며 고개를 끄덕였다.

"예, 죄송합니다."

이내 자신의 자리로 되돌아와 앉은 포수는 타석에서 한 걸음 떨어진 채 배트를 가볍게 휘두르고 있는 민우를 바라봤다. 그리고 민우의 얼굴에 드러난 표정이 너무나도 여유롭게 느껴지자 마음속 한구석에서 불길한 느낌이 솟아올랐다.

'이 녀석. 표정이 너무 밝아졌는데, 뭔가 눈치챈 건가?'

잠시 생각에 빠졌던 포수는 이내 고개를 가볍게 저으며 불길함을 털어냈다.

'겨우 공 하나가 빠진 것뿐이야. 이 공 하나로 타자가 무언가를 눈치챈다는 건 말이 안 돼.'

이어 민우가 타석에 천천히 들어서 자리를 잡는 모습을 보고는 민우를 위아래로 가볍게 훑어보았다.

'하지만 조심해서 나쁠 건 없겠지. 이 녀석, 하이 싱글A에서 홈런을 14방이나 쏘아 올린 이력도 있고, 첫 타석에서 홈런을 친 것도 있으니……. 조금 전과 같은 어설픈 공은 한 방에 펜스 너머로 날려 버릴 거야.'

포수는 투수에게 종전과 같이 양팔을 벌려 아래로 내리는 제스처를 취한 뒤, 가랑이 사이에서 손을 놀리기 시작했다.

'무조건 낮게. 스트라이크존에 꽂히지 않아도 좋으니까 제구부터 잡자. 2구는 체인지업. 여기로 던져봐.'

사인을 보낸 포수가 스트라이크존의 아래쪽으로 미트를 내밀었다.

사인을 받은 호스트는 곧장 고개를 끄덕이고는 글러브를 끌어 올리며 1루를 바라봤다.

'후, 공이 빠지면 저 녀석을 허무하게 2루로 보내는 꼴이 되겠지.'

의도와 달리 스트라이크존의 한참 아래쪽으로 꽂혔던 초구를 떠올린 호스트가 가상의 영점을 포수의 요구보다 살짝 위쪽으로 조정했다.

잠시 뒤, 1루에서 홈 플레이트로 시선을 돌리며 호스트가 세트 포지션으로 공을 뿌렸다.

슈우욱!

'헉!'

공이 손에서 떨어지는 순간, 호스트는 다시 한 번 느껴지는 이상한 감각에 몸을 흠칫하고 말았다.

호스트의 눈에 손을 떠난 공이 스트라이크존의 위쪽으로 크게 떠오르는 것과 동시에 포수가 급히 위쪽으로 글러브를 옮기는 모습이 보였다.

그리고 타석에 서 있던 민우의 입꼬리가 크게 말려 올라가며 스트라이드를 강하게 내딛는 모습을 발견하고는 절망스러운 표정을 지어 보였다.

'안 돼!'

따아악!

호스트의 마음 속 절망 섞인 외침은 벼락같이 내돌려진 민우의 배트가 내지르는 큼지막한 타격음에 가볍게 묻히고 말았다.

민우는 배트를 쥔 손에 아주 미약한 진동만이 전해지는 것을 느끼며 타석에 선 채로 센터 방면으로 뻗어나가는 타구를 바라봤다.

'굿바이.'

잠시 뒤, 천천히 배트를 놓은 민우는 더그아웃에서 만세를 부르며 환한 표정으로 자신을 바라보는 선수들을 향해 주먹을 들어 올려 보였다.

―제2구! 쳤습니다! 퍼 올린 타구는 센터 방면으로!! 쭉쭉 뻗어나가는 타구, 넘어~ 갔습니다!!!

중견수가 끝까지 쫓아가지만 통곡의 벽 앞에서 무릎을 꿇고 말았습니다! 강민우 선수의 끝내기 홈런이 터지면서 경기는 이대로 종료됩니다!!

―강민우 선수의 오늘 경기 2번째 홈런이자 끝내기 홈런!

채터누가의 선수들이 더그아웃에서 우르르 쏟아져 나옵니다! 채터누가의 모든 팬들이 자리에서 일어나 만세를 부르고 있습니다!

모두가 한마음으로 다이아몬드를 돌고 있는 슈퍼 루키, 강민우 선수를 바라보고 있습니다!

─채터누가의 모든 팬들이 간절히 원하던 바로 그 장면!

9회말 2아웃에서 강민우 선수의 정말 영화 같은 투런 홈런이 터져 나왔는데요.

강민우 선수는 오늘 경기에서 자신의 데뷔 홈런을 쳐낸 것으로도 모자라 끝내기 홈런까지 때려내며 팬들의 뇌리에 자신의 이름을 각인시킵니다! 자신이 왜 더블A로 올라온 것인지 증명해 냅니다!

─강민우 선수의 끝내기 홈런이 터지기에 앞서, 채터누가에 1경기 차이로 앞서고 있던 테네시 스모키스가 패배를 했다는 소식이 먼저 전해졌던 점, 시청자 여러분도 기억하실 텐데요. 아마 채터누가의 더그아웃에도 그 소식이 전해졌으리라 생각됩니다.

─1경기 차이지만 오늘 경기 이후 잔여 경기가 겨우 6경기인 점을 감안하면 승리 하나가 더욱 소중한 채터누가였거든요. 그렇기에 채터누가에게 강민우 선수가 때려낸 역전 끝내기 투런 홈런은 단순한 1승 이상으로 굉장히 의미가 있다고 볼 수 있겠습니다.

"강! 강!"

"민우! 민우!"

"킹 캉! 킹 캉!"

관중석에서 들려오는 자신의 이름과 익숙한 별명에 민우의 입가에 미소가 지어졌다.

빠르게 3루 베이스를 지나 홈을 향해 몸을 돌린 민우의 시야에 자신을 맞이하기 위해 홈 플레이트 주변을 둘러싸고 자신을 바라보고 있는 동료들이 보이기 시작했다.

그 모습에 민우가 환한 미소를 지은 채 양팔을 벌려 보이고는 펄쩍펄쩍 뛰면서 그 사이로 뛰어들어 홈 플레이트를 밟았다.

동시에 동료들이 민우를 덮치며 머리부터 온몸을 마구 두드리며 물을 뿌리기 시작했다.

"와아아아!!"

"이 괴물 같은 놈아!!"

"어디서 이런 보물이 굴러들어 온 거야!"

역전 끝내기 홈런의 희열 때문일까.

온몸에서 느껴지는 동료들의 주먹질을 행복하게 받아들인 민우가 무리를 뚫고 나오며 호기롭게 한마디를 내질렀다.

"테네시 스모키스 따위한테 1위를 뺏길쏘냐? 이대로 전반기 우승까지 달리자!"

민우가 주먹을 쥔 손을 들어 올리자 다른 선수들도 일제히 주먹을 들어 올리며 환호성을 내질렀다.

"오오오!!"

"우승 전도사가 채터누가에 납셨다!"

"좋아! 이참에 남은 경기도 깡그리 쓸어버리자고!!"

관중석에서 선수들이 외치는 소리를 들은 팬들이 덩달아 환호성을 내지르며 민우의 이름을 연호하기 시작했다.

"강! 강!"

"민우! 민우!"

"우승 전도사? 그러고 보니 강이라는 선수가 하이 싱글A에서도 한 달 만에 팀을 우승으로 이끌었다지? 좋아! 이제부터 민우의 별명은 우승 전도사다!"

"오오! 우승 전도사!"

"우오오!"

한 팬의 외침에 환호성을 내지르는 팬들의 모습에 구겨진 맥주잔을 들고 있던 노인이 만감이 교차하는 표정으로 고개를 내저었다.

"팀이 이긴 건 좋지만, 우승 전도사라니… 겨우 한 경기 만에 어린 선수에게 너무 설레발치는 건 아닌가?"

그러자 옆자리에서 만족스러운 미소를 짓고 있던 노인이 가볍게 웃음을 터뜨렸다.

"허허허. 뭐, 아무렴 어떤가. 근래에 데뷔 경기부터 이만큼

임팩트를 보인 선수가 있었던가? 홈런을 무려 두 개나 쳤고 말이야! 두 개!"

노인은 자신의 말을 강조하듯 손가락 두 개를 들어, 맥주잔을 쥔 노인의 눈앞에 흔들어 보였다.

그 모습에 맥주잔을 쥐고 있던 노인이 미간을 확 찌푸리며 눈을 부라렸다.

"아~ 그만하게! 나 돈 안 떼어먹네!"

그 모습에 피식 웃으며 손가락을 내린 노인이 미소를 지은 채 더그아웃으로 들어가는 민우에게로 시선을 돌렸다.

"나는 저 강이라는 선수가 우리 팀을 정말로 전반기 우승으로 이끌어줄 것만 같다네. 오늘 경기에서는 정말 우승 전도사라는 말이 부족하지 않았으니까 말이야. 부디 이 여세를 몰아서 다음 경기에서도, 그 다음 경기에서도 승리를 따내준다면 좋겠구먼. 허허허. 자, 우리도 이제 집으로 가세."

노인은 그 말을 끝으로 자리에서 일어나 자신의 아들과 패배감에 휩싸인 노인을 이끌고 경기장을 빠져나갔다.

민우는 오늘 경기에서 4타석 4타수 3안타(2홈런) 3타점 3득점, 타율 0.750을 기록하는 대활약으로 더블A에서의 화려한 행보의 시작을 알렸다.

*　　　*　　　*

샤워를 마친 뒤, 더그아웃에서 장비 정리를 마친 민우는 끝내기 홈런 세레머니 이후 나타났던 알림창을 떠올렸다.

[기간 제한 퀘스트—더 많이, 더 멀리, 더 빠르게, 그리고 우아하게~ 결과.]

—더블A에 합류하여 경기를 치렀습니다. 이에 자동으로 하이 싱글A 시즌을 마감한 것으로 적용합니다.

—현재까지의 하이 싱글A 기록으로 보상이 지급됩니다.

—타율 0.280, 출루율 0.350, 홈런 5개, 도루 5개, 실책 20개 이하를 달성하였습니다.

—퀘스트 성공 보상으로 영구적으로 파워, 정확, 주력, 송구, 수비가 +1씩 상승합니다. 100포인트가 지급됩니다.

—브렌트의 호감도가 5 상승합니다.

처음 더블A로 합류했을 때, 완료되지 않았다는 것을 뒤늦게 깨달았던 기간제한 퀘스트가 더블A에서 경기를 치르자 자동으로 완료되며 보상이 들어왔다.

'이런 식으로 완료 처리를 해버릴 줄은 몰랐는데… 잊어버리고 있었더니 공짜로 선물 받은 기분인 건 좋은데, 한편으론 살짝 아쉽기도 하네. 더 좋은 성적을 기록할 자신은 있었는데. 이건 도루가 2개만 모자랐으면 퀘스트가 실패로 나올 뻔한 거잖아.'

퀘스트 실패 시, 브렌트의 호감도가 20 하락한다는 문구를 떠올린 민우가 몸을 부르르 떨었다.

'그래도 성공이라 다행이야. 모든 능력치가 1씩 상승에 브렌트 코치님의 호감도도 5 상승했으니 당분간 버프가 없어지거나 할 걱정은 안 해도 되겠어.'

민우의 시야에 자리한 버프 표시는 아직도 굳건하게 빛나고 있는 모습이었다.

쾅!

순간 문을 거칠게 열고 들어서는 소리에 고개를 들어보니 화가 잔뜩 난 표정을 지은 마이어가 씩씩거리고 있는 모습이 보였다.

"젠장! 멍청한 파이퍼 녀석. 팔꿈치가 완전 작살났데!"

"뭐?"

"그게 무슨 소리야?"

"팔꿈치가 어떻게 됐다고?"

선수들은 생각지도 못한 파이퍼의 부상 소식에 웅성거리더니 마이어에게 확답을 요구하는 시선을 보내기 시작했다.

그 모습에 마이어가 울컥하며 충격적인 대답을 해주었다.

"그 녀석, 강판되자마자 더그아웃을 빠져나가기에 이상하다는 생각을 했는데… 곧장 병원으로 가서 정밀 검사를 진행했고… 현재로서는 토미 존 서저리를 받아야 한데."

"뭐?"

"토미 존 서저리? 뭐야. 그럼 인대가 끊어진 거야? 오… 이
런……."

그 대답에 선수들이 모두 놀란 표정으로 벌떡 일어나거나
머리를 쥐어 싸며 절망스런 표정을 지어 보였다.

파이퍼의 부상은 동료로서 안타까운 마음에 현재 전반기
종료를 향해 달려가고 있는 팀 사정에서도 꽤나 큰 타격으로
다가오는 것이었다.

마이어는 이내 자책하듯 머리를 감싸 쥐었다.

"아아… 내가 던지지 못하게 막았어야 했는데. 아무것도 아
니라고 해도 잘 살폈어야 했는데……. 내 탓이야. 난 포수 실
격이야."

민우는 그 모습에 자신의 팔꿈치의 통증이 되살아나는 듯
한 착각에 미간을 찌푸리고 말았다.

'설마 하는 생각은 했었지만… 토미 존 서저리라니…….'

탁.

자책하고 있던 마이어는 어깨에 느껴지는 손길에 고개를
들었다.

그리고 그 시야에 옅은 미소를 짓고 있는 스미스가 보였다.

"진정하고 잠깐 나가서 이야기하자."

마이어를 이끌고 더그아웃을 빠져나가려던 스미스는 민우
와 눈이 마주치자 이리 오라는 듯 손짓을 해보였다.

그 모습에 민우가 빠르게 일어나 스미스와 마이어의 뒤를

따라 더그아웃을 빠져나갔다.

*   *   *

스미스가 마이어와 민우를 이끌고 간 곳은 시내 한적한 곳에 위치한 조그마한 스테이크 집이었다.

"오늘은 내가 살 테니 먹고 싶은 걸로 골라봐라."

스미스의 말에 마이어가 무거운 표정으로 스미스를 바라봤다.

"스미스. 왜 이곳으로 데려온 거죠? 저는 지금 밥을 먹을 생각이 나지 않습니다."

스미스는 그런 마이어의 반응에도 미소를 띤 채 민우에게로 시선을 돌렸다.

"민우, 약속대로 맛있는 저녁이다. 너도 먹고 싶은 걸로 골라봐라."

스미스의 말에 멍한 표정을 짓던 민우는 무언가가 생각난 듯 눈을 동그랗게 뜨며 물음을 던졌다.

"약속? 아, 그거… 농담 아니었습니까?"

민우는 지금의 상황이 잘 이해가 가지 않았다.

동료의 부상으로 침울해하는 선수를 위로해 주기엔 지금 들어선 스테이크 집은 그리 적당한 공간이 아닌 듯 느껴졌고, 자신을 이곳에 데려온 것도 이해가 잘 되지 않았다.

"자자. 일단 시키고 이야기를 하자고. 웨이터, 여기 스페셜 3개."

스미스는 빠르게 주문을 마치고는 민우와 마이어의 얼굴을 번갈아 바라보고는 천천히 입을 열었다.

"마이어. 파이퍼의 부상은 네 잘못이 아니다."

스미스의 말에 마이어가 파이퍼의 얼굴이 떠오른 듯 두 눈을 질끈 감으며 고개를 저었다.

"아뇨. 그건 제 잘못입니다. 포수라면 무릇 마운드 위의 투수가 어떤 상태인지 제일 가까이서, 제일 먼저, 제일 정확하게 봐야 하는 역할을 제대로 수행해야 하니까요. 하지만 저는 그러지 못했습니다. 그러니 파이퍼가 그렇게 된 것도 바로 제 잘못입니다."

"아니. 정확하게 이야기해 주지. 그건 그 누구의 잘못도 아닌 파이퍼 본인의 과욕으로 벌어진 일이다. 100% 확신하지."

스미스가 자신의 말을 재차 부정하자 마이어가 눈을 동그랗게 뜨며 입을 뻐끔거렸다.

민우는 조용히 눈알만을 굴리며 스미스와 파이퍼의 대화를 바라보고 있었다.

'이게 도대체 무슨 상황이람.'

스미스는 마이어를 위로한다기보다는 냉정하게 판단을 내리고 있는 느낌이었다.

"스테이크 나왔습니다."

"자, 들지."

스테이크가 나오자 스미스는 기다렸다는 듯, 포크와 나이프를 들고 스테이크를 썰기 시작했다.

그사이 아무도 입을 열지 않았기에 잠시 동안 스미스가 포크와 나이프를 놀리는 소리만이 들려왔다.

스미스가 포크와 나이프를 멈추더니 웃는 낯으로 민우와 마이어를 바라봤다.

"먹지 않을 건가? 마이너리그에서 이런 호화로운 식사를 할 기회는 얼마 없다고."

"전 먹지 못하겠습니다. 파이퍼가 심각한 부상을 당했는데 정작 저는 이렇게 여유롭다니. 용납할 수 없습니다."

드르륵!

굳은 표정으로 말을 뱉고는 마이어가 의자를 밀며 자리에서 일어났다.

"마이어."

스미스의 조용한 부름에도 마이어는 몸을 돌려 걸어 나가려 했다.

"파이퍼가 부상을 당한 이유는, 바로 지금의 너처럼 여유를 갖지 못하고 자신을 혹사시켰기 때문이다."

스미스가 조용히 내뱉는 말에 마이어가 몸을 멈칫거렸다.

"파이퍼, 그 녀석. 5시즌 동안 싱글A에서 그저 그런 선수 시절을 보내다가 이제야 더블A에서 빛을 보기 시작했지. 아마 그 성적을 그대로 유지했다면 다음 시즌은 트리플A에서 맞이했을 지도 모른다. 하지만 동시에 팔꿈치에 이상 신호가 감지됐을 거야."

스미스의 말에 마이어는 파이퍼의 지난 경기들을 빠르게 복기했다.

시즌 초부터 가끔 손에서 빠지는 공이 있던 것이 하나둘 늘어나는 모습을 보였지만, 워낙 그 횟수가 적었고 크게 무너진 적도 손가락에 꼽을 정도였기에 마이어가 그 이상을 알아채는 것은 솔직히 무리였다.

'항상 손에서 빠졌다는 식으로 이야기했었으니까.'

실투를 던지지 않는 투수는 이 세상에 존재하지 않았다. 단지 단 한 번인지 그 이상인지의 구분이 있을 뿐이었다.

"하지만 녀석은 포기하고 싶지 않았을 거다. 그 녀석은 스플리터를 장착하면서 자신의 인생이 바뀌었다고 항상 이야기했었으니까. 아마 녀석은 부상이라는 걸 인정할 수 없었을 거야. 두려웠겠지. 나이는 이미 26살인데 여기서 DL에 오르면 치고 올라오는 어린 선수에게 등판 기회를 빼앗기고, 메이저리그라는 꿈도 멀어질 거라 생각했겠지. 엄살을 피울 생각 따위 사치라고 생각하고 견딜 수 있을 때까지 견뎌보려고 했을 거야. 그리고 결국 그 결과는 토미 존 서저리가 된 거고."

털썩.

스미스의 말이 끝나자 마이어는 힘없이 의자에 주저앉아 버렸다.

민우 역시 스미스의 말에 가슴이 울렁거리는 것이 느껴졌다.

'부상은 두 번 다시 당하고 싶지 않아.'

그 누구보다 부상으로 인한 고통을 절절히 느끼며 세월을 보내왔던 것이 민우였다.

민우와 마이어의 얼굴을 잠시 바라보던 스미스가 다시금 말을 이어갔다.

"그리고 나 또한 그런 경험이 있기에 이야기를 하는 것이다."

그 이야기에 마이어가 고개를 들어 스미스를 바라봤다.

스미스는 자신의 속마음에 담아두었던 이야기를 털어놨다.

스미스는 지금으로부터 5년 전, 더블A에서 투수로서 승승장구하며 트리플A로의 승격을 코앞에 두고 있었다.

하지만 호성적을 기록할수록, 팔꿈치에 느껴지는 통증은 더욱 심해졌다.

당시, 스미스는 팔꿈치에서 느껴지는 통증을 이겨내면 빛나는 미래가 있을 거라는 생각으로 꿋꿋이 버티며 공을 던졌다.

그리고 시즌 마지막 경기에서, '뚝' 하는 소리와 함께 스미스의 투수 인생이 끝나고 말았다.

스스로의 무지에서 벌어진 일이었다.

하지만 스스로의 선택으로 벌어진 일이었기에 그 누구를 탓할 수도 없었다.

구단에서는 지지부진한 회복에 타자 전향을 권유했다.

1년을 더 고생하고 나서야 타자로서 자리를 잡기 시작해 더블A까지 올라왔지만 이미 그 나이가 많이 차오른 상태였다.

"너희들도 알다시피 내 나이도 다음 시즌이면 서른이다. 마이너리거로서는 많아도 너무 많은 나이지."

스미스는 해탈한 표정을 지은 채, 스테이크를 썰어 입에 넣고 오물거렸다.

"내가 너희에게 이야기해 주고 싶은 건, 부상은 그 누구의 탓도 아닌 본인 스스로의 실력이라는 것이다. 현재 아무리 좋은 성적을 기록하고 있다고 해도 부상이라는 꼬리표가 붙는 순간, 성적은 아무 의미도 없게 되어버린다. 당장 눈앞에 있는 것을 쫓겠다고 성급히 굴지 말고, 잠시 멈춰서 더 먼 미래를 내다보는 법을 배워야 한다. 나는 이미 늦었을지언정 너희들은 충분히 가능성이 있으니까."

회한이 담긴 스미스의 목소리에 민우가 천천히 고개를 끄덕거렸다.

'다 뼈가 되고 살이 되는 말이야. 지금까진 별문제가 없었지만, 언제라도 찾아오는 것이 부상일 거야. 펜스 플레이나 다른 포지션의 수비수와 겹치는 것을 가장 조심해야겠지.'

민우의 뇌리에 과거 몇 번이고 펜스에 몸을 날리며 느꼈던 통증들과 타구를 쫓아 수비수와 스쳐 지나갔던 장면이 떠올랐다.

'혹시 포인트 상점에 육체 강화 같은 특성이 나오려나. 만약 나온다면 미래를 위해 하나쯤 투자해 두는 것도 나쁘지는 않을 거야.'

민우가 생각에 잠긴 사이 스미스는 마이어를 냉정한 얼굴로 바라봤다.

"다시 말하지만 파이퍼 그 녀석은 스스로의 무지로 부상을 당한 것이지 마이어, 네 잘못으로 부상을 당한 것이 아니다. 자책을 해야 한다면 오히려 그 녀석이 너에게 해야겠지. 채터누가의 안방마님을 이렇게 힘들게 하고 있으니까."

마이어가 무어라 말을 하려 하자 스미스가 곧장 말을 이었다.

"앞으로 남은 6경기. 네가 흔들리면 결국 팀이 흔들리게 된다. 전반기 우승이 코앞이라는 점, 잊지 않았겠지?"

스미스의 의미심장한 말에 마이어가 입을 다물며 고개를 끄덕였다.

"예. 무슨 말씀인지 알겠습니다. 추태를 부려서 죄송합니다."

"좋아. 그럼, 이제 스테이크 좀 들지. 이미 많이 식긴 했지만 맛은 일품이거든. 잘 먹고 파이퍼의 몫만큼 우리가 더 힘을 내자고."

"예."

"알겠습니다."

스미스는 이후에도 민우가 몰랐던 많은 이야기를 해주었다. 식스티 식서스와 채터누가처럼 선수들에게 숙소를 제공해

주는 구단은 그리 많지 않다는 점.

그렇기에 선수들이 다른 아르바이트를 할 시간을 줄여 훈련에 열중하며 꿈을 좇기에 더욱 수월하다는 점.

그럼에도 월급이 적기 때문에 대부분의 선수들이 다른 직업을 갖고 있다는 점.

스미스는 초등학교 임시 교사에 두 딸을 가진 팔불출이라는 점.

민우는 스미스가 보여준 가족사진에 스미스와 똑 닮은 두 딸을 보며 어색한 웃음을 보였다.

"내 딸 예쁘지?"

＊　　　＊　　　＊

지잉— 지잉—

책상 위에 놓아둔 스마트폰이 오랜만에 진동을 울리며 저녁 운동에 나가려던 민우의 발길을 붙잡았다.

'누구지?'

액정 화면에는 두 개의 메시지가 떠올라 있었다.

—한나 퍼거슨: 홈런을 2개나 치셨더군요. 하나는 끝내기 홈런이고 말이죠. 팬들이 좋아하겠네요. 성공적인 더블A 데뷔 경기, 축하드려요. 앞으로도 계속해서 좋은 모습 보여주세요. 메이저리

그를 위하여.

퍼거슨의 메시지를 확인한 민우가 가볍게 미소를 지어 보였다.

'경기 끝난 지 얼마 되지도 않았는데. 세심하시네.'

그리고 다음 메시지를 확인한 민우의 얼굴이 곧장 어색한 웃음으로 뒤덮였다.

─이아름 기자: 강민우 선수! 더블A로 언제 승격한 거예요? 거기다가 100만 달러 계약은 또 뭐예요? 미리 귀띔 좀 해주지 그랬어요. 강민우 선수가 식스티 식서스 라인업에서 빠져 있기에 겨우 찾아보고 알았잖아요. 그 먼 미국까지 가서 인터뷰한 사람한테 섭섭하네요. 실망이에요.

이아름 기자의 메시지에는 무엇인지 모를 독기가 담겨 있는 듯했다.

'아하하하. 그럴 의도는 아니었는데……'

민우는 이내 어색한 손놀림으로 스마트폰의 키패드를 두드리기 시작했다.

그리고 다음 날.

파이퍼는 결국 토미 존 서저리를 받기로 결정하고 수술 날짜를 잡았다.

마이어는 그 소식에 잠시 침울한 표정을 지어 보였지만, 경기가 시작되자 언제 그랬냐는 듯 굳은 표정을 보이며 자신의 역할을 다하는 모습을 보였다.

파이퍼가 부상으로 빠진 채터누가 룩아웃츠는 남은 2연전에서 불펜이 연속으로 불을 지르는 모습을 보였지만 타격에서의 화력이 폭발하며 1승 1패의 성적을 기록해 위닝 시리즈를 가져갔다.

이 두 경기에서 민우는 각각 4타석 4타수 2안타(1홈런) 2타점 1득점 1도루, 5타석 4타수 2안타(2루타) 1타점 1득점 1도루 1볼넷을 기록하며 팀 타선을 이끌었다.

채터누가와 경쟁을 벌이고 있는 테네시 스모키즈 역시 1승 1패를 기록하며 여전히 동률을 보이고 있었다.

그리고 한국 대형 포털 사이트의 해외 야구 뉴스 페이지에 하나의 기사가 새로 올라왔다.

〈'100만 달러 스플릿 계약' LA다저스 중견수 특급 유망주, 강민우. 한 달 만에 하이 싱글A 떠나 더블A로 전격 승격!〉

테네시 주 채터누가, 미국.

약 3주 전, 한국을 떠나 머나먼 미국으로 날아간 23살의 젊은 청년의 소식을 본 기자가 전했었다.

한국 프로야구 2군에서의 방출 설움을 딛고 마이너리그 하이 싱글A에서 화려하게 데뷔했던 강민우는 단 한 달 만에 하이 싱글

A를 정복하고 더블A로의 고속 승격을 이루어냈다.

바로 그 강민우가 계약금 100만 달러(한화 약 11억 5,000만 원)짜리 스플릿 계약을 맺었다는 소식과 함께 LA다저스의 중견수 포지션의 최고 유망주로 우뚝 서며 자신의 위상을 다시금 알려왔다.

현재 더블A로 승격한 강민우가 하이 싱글A에서 써 내려간 기록은 웬만한 유망주들의 성적을 가뿐히 넘어서는 역대급의 기록이라고 할 수 있다.

하이 싱글A에서 모두 26경기에 나서 100타석 92타수 42안타에 홈런을 14개나 때려냈고, 그 결과 타율은 무려 0.456이라는 엄청난 기록을 달성했다.

특히 하이 싱글A에서의 마지막 경기에서는 4타석에 들어서 3타수 2안타를 때려냈는데, 이 2개의 안타를 모두 홈런으로 장식하며 유종의 미를 거두면서 더블A에서의 성적을 기대케 했다.

그리고 더블A에서 현재 단 3경기를 치룬 결과, 그 기대는 흥분으로 바뀌기에 충분했다.

13타석 12타수 7안타 3홈런 6타점 5득점 2도루 1볼넷, 타율 0.583.

한 단계 높은 리그임에도 너무나도 압도적인 기록을 보여주는 강민우 선수의 성적은 그가 왜 100만 달러의 계약금을 받았는지를 여실히 증명해 주고 있었다.

다저스가 미래의 중견수로 점찍은 강민우에게 최상의 시나리오는 9월 40인 확장 로스터 합류로 메이저리그에 데뷔하는 것이다.

과연 강민우 선수가 더블A에서 앞으로 구단과 팬들의 기대치를 충족시키는 것은 물론 중견수 켐프의 부진으로 허덕이는 다저스에서 신인 돌풍을 일으킬 수 있을지 귀추가 주목된다.

대한민국 No.1 스포츠 뉴스, MonsterSportsNews.

이아름 기자.

대형 포털 해외 야구 뉴스 페이지의 메인 화면에 개제된 민우에 대한 기사는 제목에 달린 두 가지 요소만으로도 강민우를 모르는 야구팬들의 이목을 끌기에 충분했다.

LA다저스, 100만 달러 스플릿 계약.

박찬오로 인해 한국인들에게 널리 알려진 LA다저스와 100만 달러라는 거액은 해외 야구 뉴스 페이지를 들락거리던 사람들의 눈을 휘둥그렇게 만들었다.

특히 이전에 떴던 민우에 대한 기사를 접했던 야구팬들은 설마가 사실이 되자 흥분을 감추지 못하고 있었다.

―와, 대박. 4할 뭐냐ㅋㅋ 애 올리고 켐프 좌익수로 돌리면 되겠네. 빨리 블브에서 보고 싶다. 9월 멀었냐.

ㄴ나도 켐레기 때문에 올 시즌에 진짜 답답해 죽을 뻔했는

데 얘 보니까 진짜 한숨이 놓인다.

─이 듣보잡은 누구냐… 고 하려고 했는데 기록 보니 미쳤네. 패기 부리는 이유가 다 있구나.

└다저스 외야 농사 망친 와중에 나타난 신성이란다. 현지에서도 난리도 아니래. 뭐, 우승 전도사라고 하던데.

─와 개부럽. 100만 달러면 로또네 로또. 설렁설렁 하다가한국와도 되겠네.

└어휴. 생각하는 꼬락서니하고는. 너도 쟤 반만큼만 노력해 봐라.

└노력은 무슨. 노력도 재능 없으면 안 되는 거 모르냐? 얘 10년 만에 야구한 거야. 아무나 저렇게 안 된다.

─마이너리그는 무슨 동네 리그냐? 한국에서 방출 당했다는 애가 타율이 왜 저래?

└탈C효과랍니다.

└누가 LC욕하냐. LC 올 시즌 리그 우승각이거든?

└잊지 말자 DTD. 다시 보자 DTD. 아직 시즌 세 달 남았다.

─와, 얘 기록 보니 진짜 물건이다. 이건 100만 달러도 진짜 싸게 계약한 거야.

└13타석에 홈런이 3개면 단순계산해도 풀타임에 100개는 거뜬하겠는데? ㅋㅋㅋ

└어휴. 100만 달러에 홈런 100개 드립. 한숨 나온다. 그래

봤자 마이너리거일 뿐.

ㄴ어휴는 네가 어휴다. 응원하지는 못할망정 삐뚤어져서는.

—(성지예약) 강민우 2010년 40인 로스터 합류로 메이저리그 데뷔한다. 손모가지 검(이전 기사 링크).

ㄴ애 또 나타났네. 너 강민우냐?

ㄴ그런데 한 달 만에 더블A 승격했다니까 왠지 성지될 삘. 난 미리 성지순례 해놓는다.

ㄴ요샌 더블A 씹어 먹으면 트리플A 안 거치고 올리는 게 추세라 충분히 가능성 있다.

민우의 두 번째 기사는 국내 리그의 야구 경기가 끝나갈 시간에 맞춰 포털 사이트에 게재됐다.

그리고 민우에게 관심을 가지고 있던 이들이 오랜만에 전해진 민우의 소식에 야구 커뮤니티로 뉴스 기사를 링크하면서 기사에 달린 댓글이 순식간에 300여 개가 넘어가고 있었다.

기사에 대한 반응이 꽤나 열띤 것을 확인한 아름이 흡족한 미소를 지어 보였다.

'이번 기사도 반응 괜찮네. 곧장 링크를 거는 걸 보니 인지도도 꽤 올라간 것 같고. 그런데 마이너리그에 있는 동안은 인터뷰를 넣지 말아달라고 한 게 아쉽네. 그게 더 사실적이고 좋은데.'

아름은 어느새 얼굴에 미소를 지운 채, 침울한 표정을 짓고 있었다.

민우와 주고받은 코코아톡을 통해 현재까지 겪었던 일을 간략하게 정리할 수 있었지만, 지난번처럼 인터뷰 형식으로는 하지 말아달라는 요구에 아쉬움이 남은 아름이었다.

아름은 몰랐지만 이는 민우의 에이전트인 퍼거슨의 조언에 의한 결정이었다.

인터뷰 형식의 기사의 경우 선수가 별 의미를 담지 않고 내뱉은 말임에도 불구하고 그 뜻이 와전되어 선수에게 악영향을 끼칠 우려가 있다는 이유 때문이었다.

특히 아시아 문화권과 서양 문화권의 차이 또한 배제할 수 없었다.

지난번 민우가 갑작스러운 심판의 길들이기로 고생했던 원인을 분석했던 퍼거슨은 그 원인을 이아름 기자가 내걸었던 기사가 일부 영향을 미쳤을 거라 파악했었다.

단지, 명확히 그 기사 때문이라고는 확답을 내릴 수 없었기에 그 사실을 숨긴 채 조언을 하는 형식으로 민우에게 이야기를 했고, 그 결과로 이번에 새로 나온 기사처럼 중립성을 지킨 기사가 만들어지게 된 것이었다.

'뭐, 아쉽지만 이거라도 만족해야겠지. 어디보자, 지금 채터누가는… 오전 8시구나. 지금 바로 보내면 되겠네.'

아름은 민우에게 기사를 확인해 보라는 코코아톡을 한 통 날리고는 짐을 챙겨 사무실을 빠져나갔다.

지잉—

책상 위에 홀로 놓인 스마트폰이 몸을 부르르 떨며 화면이 켜졌다.

—이아름 기자: 강민우 선수. 기사 올라왔으니 확인해 보세요. 기사가 조금 심심해서 아쉽지만, 어쨌든 팬들이 더 늘어난 것 같아서 기쁘네요. 팬들의 기대가 상당해요. 다음엔 좋은 소식이 생기면 제일 먼저 알려주시는 거, 잊지 마세요.

하지만 그 메시지를 보아줄 이는 이미 방을 빠져나간 듯, 방 안에는 인기척이 들리지 않았다.

누군가 보아주길 기다리던 스마트폰의 진동이 멈춘 뒤, 액정이 꺼지며 방 안에는 다시 정적만이 흐르고 있었다.

제4장

원맨쇼

　채터누가의 전반기 마지막 일정은 헌츠빌 스타즈와의 홈 4연전이었다.

　헌츠빌 스타즈와의 홈경기에 앞서 지역신문들은 너도나도 전반기 우승의 향방을 추측하는 기사를 내놓기 시작했다.

　〈서던 리그(Southern League) 북부 리그의 전반기 우승 향방은 안개 속에…….〉

　〈채터누가, 전반기 우승의 반전 이루어내나.〉

　〈승차는 0, 남은 경기는 단 4경기. 승기를 잡는 팀은 과연 어느 팀이 될 것인가.〉

〈'우승 전도사' 강민우, 3경기 3홈런으로 맹활약 이어가며 채터누가의 구원자 되나.〉

이런 추측성 기사들 중, 팬들은 입맛에 맞는 기사들을 골라보기 시작했고, 이런 기사들은 우승을 노리는 채터누가 룩아웃츠의 팬들에게 자극을 주며 우승에 대한 기대감을 키우게 만들었다.

"우승이 코앞이다!"

"오우!! 우리에겐 우승 전도사가 있다!"

"우리는 원래 1위였다고! 우승이 코앞이다!"

"오오오!! 샴페인을 터뜨리자고!"

그리고 이런 팬들의 바람처럼 헌츠빌 스타즈와의 3경기에서 채터누가는 전승 행진을 이어가고 있었다.

1차전 채터누가 7 : 3 헌츠빌
2차전 채터누가 5 : 2 헌츠빌
3차전 채터누가 8 : 6 헌츠빌

이 기간 동안 민우는 무려 3개의 홈런을 때려냈고, 1, 3차전에서는 역전 위기에서 보살로 팀을 구해내는 등 대활약을 이어갔다.

이 3경기에서 민우는 14타석 13타수 7안타 3홈런 7타점 5득점 1도루 1볼넷, 타율 0.538의 압도적인 기록을 세우며 더블A를 정복할 듯한 모습을 보이고 있었다.

하지만 이런 모습에도 팬들의 마음속에는 설마 하는 마음이 조금씩 자라나고 있었다.

채터누가에게 질 수 없다는 듯, 테네시 스모키스 역시 쾌조의 3연승을 거두며 여전히 동률의 승률을 보이고 있었기 때문이다.

거기에 더해 헌츠빌의 4차전 선발투수가 발표되며 채터누가의 팬들을 절망의 구렁텅이로 밀어 넣었다.

경기가 시작하기까지 3시간여가 남은 시각.

"흐음."

사무실 한편에 자리한 감독실에서는 고뇌에 찬 신음 소리가 일정한 간격을 두고 들려오고 있었다.

의자에 앉아 머리를 쥐어 싸고 있는 이는 감독실의 주인, 수베로였다.

수베로는 헌츠빌과의 마지막 경기를 어떻게 풀어가야 할지, 타순에 어떻게 변화를 주어야 할지에 대한 고민으로 머리가 깨질 것만 같았다.

그리고 그 원인의 중심에는 바로 4차전 선발로 예정되어 있는 상대 팀의 에이스 투수, 파이어스가 있었다.

'하필이면 파이어스라니. 곤란하게 됐어.'

이런 수베로의 고뇌는 흔히 보기 힘든 모습이었다.

웬만한 경기에서는 경우의 수가 그리 많지 않았기에 큰 고민 없이 라인업을 정하는 이로 유명한 이가 바로 수베로였기 때문이다.

하지만 오늘 경기는 여태껏 치러왔던 수많은 경기 중에도 그 무게감이 달랐다.

우승이 걸려 있고, 상대팀의 에이스 투수가 선발로 나오기 때문이었다.

혹자는 이런 이야기를 하면 어느 팀에나 있는 에이스인데 무슨 상관이냐는 말을 할지도 몰랐다.

하지만 경기가 경기이거니와, 그 속사정을 알게 된다면 이야기가 달라졌다.

'그냥 에이스라면 몰라도… 지금 당장 메이저리그로 승격해도 이상할 게 없는 투수는 상당히 곤란해.'

헌츠빌의 선발로 예정된 파이어스의 성적은 가히 놀라운 수준이었다.

파이어스의 지난 10경기에서의 성적은 무려 8승 무패에 방어율 1.19이었고, 피안타율은 무려 0.189에 불과할 정도로 무시무시한 위력을 보이고 있었다.

그리고 그 8승 중 1승을 헌납한 팀 중 하나가 바로 채터누가이기도 했다.

이런 기록에서 보듯 파이어스는 한 경기에서 가장 많이 실점한 것이 겨우 2점에 불과할 정도로 더블A를 초토화하고 있었다.

당장 전반기가 끝나면 트리플A로의 승격이 예정되어 있는 투수가 바로 파이어스였다.

'우리를 상대로 마지막 테스트를 하겠다, 이건가.'

파이어스의 이런 호투 비결은 신체조건을 적극적으로 활용하는 투구 폼에서 비롯된 것이라고 할 수 있었다.

파이어스는 우완 투수로 190㎝의 큰 키에 긴팔을 적극적으로 활용하는 극단적인 오버핸드 형 투수였다.

파이어스는 와인드업 뒤에 몸을 뒤로 숙이는 듯한 모습으로 글러브를 쥔 손을 하늘로 높이 들어 올리고, 공을 쥔 손은 뒤로 완전히 내리는 동작에서 아주 찰나의 틈을 준다.

그러고는 타자의 타이밍이 어긋났을 때 위에서 아래로 빠르게 내리찍는 상당히 역동적인 투구 폼을 가지고 있었다. 이런 독특한 투구 폼으로 인해 패스트볼 구속이 90마일(144㎞)에 불과함에도 높은 곳에서 찍어 내리는 듯한 모습으로 그 위력이 배가 되었다.

여기에 12시에서 6시 방향으로 크게 휘어지는 커브볼, 그리고 그 중간을 메우는 수준급의 체인지업을 섞어 던지며 다양한 속임수를 보였다.

이처럼 역동적인 투구 동작에 높은 곳에서 낮은 곳으로 쏟아지는 패스트볼과 변화구의 조합은 느린 구속임에도 타자들의 공략을 쉬이 허락하지 않았다.

특히 현재 클린업 트리오를 맡고 있는 3번 샌즈, 5번 페레즈는 파이어스 상대 타율이 2할 언저리에 형성되어 있어서 중심 타선을 단단히 잡아줄 선수가 필요했다.

'하아. 현재 라인업에서는 중심 타자를 맡아줄 타자가 딱히 없단 말이지. 스미스가 그나마 파이어스를 상대로 2할 5푼을 때려주고 있긴 하지만… 펀치력이 부족하고……. 이 녀석에게 맡기는 것이 정녕 옳은 일인가.'

그리고 수베로 감독이 바라보고 있는 곳에는 민우의 프로필이 담긴 파일이 놓여 있었다.

'분명 6경기 동안 보여준 활약은 하이 싱글A에서의 활약이 헛된 것이 아니라는 것을 증명해 준다. 하지만 이제 갓 합류한 선수를 섣불리 상위 타선에 배치했다가 자칫 잘못하면 팀의 케미스트리를 해칠 수도 있어. 거기에 우승이 걸린 마지막 경기에서 섣부른 변화를 주었다가 우승을 놓친다면… 후우, 일주일만 더 시간이 있었다면 좋았을 텐데.'

아무리 민우가 팀에 융합이 잘 되고 있는 상황이라지만, 감독의 시선에서 보는 것과는 또 다른 모습이 있으리라는 판단에 쉬이 결단을 내리지 못하고 있는 수베로였다.

똑똑.

"감독님. 프랭클린입니다."

상념에 잠겨 있던 수베로를 깨운 것은 문을 두드리는 소리와 함께 들려오는 프랭클린의 목소리였다.

"들어오게."

달칵.

수베로는 문을 열고 들어오는 프랭클린의 모습에 천천히 자리에서 일어나 감독실 가운데에 놓인 소파로 자리를 옮겼다.

"휴우. 훈련은 잘 진행되고 있는가?"

수베로의 물음에 프랭클린이 가볍게 고개를 끄덕였다.

"예, 말씀하신대로 훈련을 진행하고 있습니다만, 실전에서도 저렇게 칠 수 있을지 모르겠군요."

"파이어스를 공략하려면 이 방법뿐이지. 휴우……. 타자라면 무릇 상황에 맞게 대응할 수 있는 다양한 타격 기술이 있어야 한다는 건 타격 코치인 자네가 더 잘 알 테지. 투수마다 공이 다 다르니까 말이야. 배터 박스를 이용할 줄도 알아야 하고 말이야. 그런 면에서 민우는 자신의 장점을 제대로 살린 케이스라고 볼 수 있지."

수베로가 민우를 칭찬하자 프랭클린도 공감한다는 듯 고개를 끄덕였다.

"그 점은 저도 공감합니다. 처음 합류했을 때에 배터 박스의 앞쪽으로 극단적으로 붙는 것을 보고 고개를 갸웃거렸는데, 타격 훈련의 결과를 보고 나서는 고개를 절로 끄덕이게 되었으니까요. 현재까지도 딱히 흠잡을 곳이 없더군요. 배트

스피드가 팀 내 어떤 선수보다 빠르고 그만큼 파워도 받쳐 주니 그런 극단적인 선택이 가능하고, 덕분에 브레이킹 볼에 대한 대응도 수월하게 해내는 모양입니다. 이미 완성된 선수랄까요? 간만에 보는 아주 좋은 선수입니다. 선수들이 민우에게서 많은 것을 느꼈으면 좋겠습니다."

프랭클린은 이미 민우의 장점을 다 파악했다는 듯 칭찬일색의 말을 쏟아내고 있었다.

수베로는 프랭클린이 민우에 대한 이야기를 주르륵 내뱉는 모습에 웃는 낯을 보였다.

'벌써 프랭클린의 눈에 들었다는 건, 실력 하나는 확실하다는 뜻이지.'

수베로는 프랭클린의 말이 끝나자 고개를 끄덕이고는 테이블로 시선을 돌리며 천천히 입을 열었다.

"나도 그렇게 생각하고 있네. 민우의 합류로 좋은 본보기도 생겼으니 녀석들이 타격 기술을 훈련하는 데도 큰 도움이 될 테지. 다만, 그 시기가 조금 아쉽구먼."

"역시, 파이어스인 게 문제지요."

"그렇지. 하필이면 전반기 우승이 걸린 마지막 경기에 상대 선발이 파이어스라니. 분명 로테이션상 이번 시리즈에서는 만날 일이 없었는데 말이야."

"어쩔 수 없지요. 마이너리그의 투수 로테이션은 승격이나 부상으로 인해 수시로 변하니까요."

프랭클린의 대답에 수베로는 고개를 끄덕이면서도 그리 표정이 좋지 않았다.

"다른 녀석들은 아직 기술이 부족하기도 하고, 시즌 중에 너무 많은 변화를 주면 슬럼프에 빠질 위험이 있으니까 기본부터 튼튼히 하고 천천히 변화를 줄 생각이었는데……. 이렇게 급하게 하는 것이 과연 좋은 결과로 나올지 확신이 서질 않는구먼. 불찰이야. 쯧."

수베로는 안타까움에 혀를 차며 테이블에 놓인 선수들의 파이어스 상대 전적 기록표를 뒤적거렸다.

그 모습에 프랭클린도 시선을 테이블로 돌리며 말을 이어나갔다.

"이것도 다 경험이 되지 않겠습니까? 가끔은 과감한 시도가 좋은 결과를 가져오기도 하잖습니까. 한 번 믿어보시지요. 오늘은 경기 도중에라도 수시로 스윙 방법과 배터 박스에서의 위치를 수정해 주는 선에서 저도 최선을 다해보겠습니다."

프랭클린의 호언장담에 수베로가 한결 편안해진 얼굴로 고개를 끄덕였다.

"알겠네. 그리 이야기하니 조금 낫구먼. 이제 라인업에 대해 이야기함세. 사실, 기존의 타순으로는 타선의 무게감이 떨어진다는 생각이 들어서 말이야. 그래서 민우를 4번 타자로 기용해 볼까 하는데, 자네 생각은 어떤가?"

수베로의 입에서 생각지도 못한 말이 나오자 프랭클린이 잠시 놀란 표정을 지어 보였다.

"예?"

하지만 그 표정은 이내 원래대로 돌아오며 가볍게 고개를 끄덕거렸다.

"흠……. 아직 파이어스를 상대해 본 적이 없으니 위험하기는 하지만… 그건 파이어스도 마찬가지죠."

"그렇지."

"거기에 종으로 떨어지는 변화구만을 장착하고 있는 파이어스이니 민우의 타격 스타일을 볼 때, 충분히 가능성은 있다고 생각됩니다."

프랭클린은 민우의 현재 성적만 볼 때, 타선의 중심을 충분히 잡아줄 수 있으리라 생각하고 있었다.

특히, 4번이 아닌 5번에 배치한다면 앞선 3, 4번 타자를 내보내는 것에 헌츠빌의 배터리가 부담을 가질 것이라고 추측하고 있었다.

'문제는 이 모든 건, 민우가 파이어스에게도 지금까지와 같은 모습을 보여주어야 그 효과가 있다는 거지.'

"제 생각엔 4번보다 5번 타순에 배치하는 것이 어떨까 합니다. 아무래도 스미스의 파이어스 상대 타율이 아주 나쁜 것도 아니고… 그가 우리 팀의 중심을 잡아주고 있기도 하니까요."

프랭클린의 제안에 수베로가 가볍게 고개를 끄덕였다.

"나쁘지 않군. 4번 타자인 스미스의 자존심도 살려주고, 민우를 5번에 배치해 앞 타선에 무게를 더하고. 큰 변화 없이 소득을 노리기엔 가장 좋은 배치야. 좋군."

"저도 같은 생각입니다. 페레즈는 원래 6번 타순을 맡고 있었으니, 다시 익숙한 자리로 돌아가는 것으로 큰 문제도 없고 말이죠."

프랭클린이 덧붙이는 말에 수베로가 한시름 놓았다는 표정으로 고개를 끄덕였다.

"그럼 타순은 이렇게 가도록 하지."

1번 타자 고든―유격수

2번 타자 램보―좌익수

3번 타자 샌즈―우익수

4번 타자 스미스―3루수

5번 타자 강민우―중견수

6번 타자 페레즈―1루수

7번 타자 페드로자―2루수

8번 타자 마이어―포수

9번 타자 색스턴―투수

펜을 놓은 수베로는 라인업이 적힌 용지를 프랭클린에게 내밀었다.

"선수들에게 오늘 선발 라인업을 알려주게."

"알겠습니다."

＊　　　＊　　　＊

해가 지평선 너머로 넘어갈 즈음, 채터누가의 홈구장 AT&T 필드는 빈자리 하나 없이 팬들이 가득 들어찬 상태였다.

이미 우승의 문턱에서 한참을 멀어진 헌츠빌과는 달리, 채터누가는 오늘 경기로 우승의 향방이 갈릴 예정이었다.

그래서인지, 경기장에 들어선 관중들 중에서 헌츠빌의 팬은 검은 머리 사이로 새치가 난 것처럼 듬성듬성 보일 뿐, 대부분이 채터누가의 팬으로 가득 들어차 있었다.

─채터누가 룩아웃츠와 헌츠빌 스타즈의 전반기 마지막 경기를 이곳, AT&T 필드에서 보내드리겠습니다. 안녕하십니까.

─안녕하십니까.

─전반기 중반까지만 하더라도 채터누가가 손쉽게 1위를 차지하리라 예상이 되었는데요. 채터누가의 주전 중견수였던 로빈슨의 부상으로 외야에 구멍이 생기며 그 예상이 무너지기 시작했죠?

—예, 그렇습니다. 시즌 말미에는 테네시 스모키스에게 1위 자리를 빼앗기며 무너질 뻔했던 채터누가는 불세출의 루키 중견수, 강민우 선수가 팀에 합류하면서 반전의 계기를 마련했습니다.

—맞습니다. 강민우 선수는 팀 합류 이후 최근 6경기에서 5할 타율에 홈런을 6개나 쏘아올리고 있는데요. 그 덕에 채터누가 역시 5승 1패를 거두며 승승장구 하고 있는 모습을 보이고 있습니다.

—하지만 이런 채터누가의 돌풍이 무색하게 테네시 스모키스 역시 연승을 이어가며 결국 승부의 향방은 최종전 결과에 따라 갈리게 되었습니다.

—채터누가의 팬들은 경기가 시작하기 한참 전부터 홈구장을 가득 메운 채 경기가 시작되기만을 기다리고 있는 모습인데요. 우승을 향한 간절한 마음이 이곳 중계석까지 느껴질 정도입니다.

—하지만 이런 채터누가의 승리를 위한 발판이 되지 않겠다는 걸까요? 헌츠빌 스타즈에서 비장의 카드를 꺼내 들었습니다. 바로 8승 무패를 기록하고 있는 파이어스를 깜짝 선발로 내세웠습니다. 이 투수는……

"와, 우리 홈구장이 만석인 건 팀에 합류하고 나서 처음 보는 것 같은데."

민우의 놀라움이 담긴 목소리에 그라운드에서 훈련을 마치고 돌아서던 선수들이 덩달아 고개를 끄덕거렸다.

"나도."

"나도 2년쨋데 처음 봐. 우리 경기장에 저렇게 사람이 많이 들어올 수 있구나."

안 그래도 몹시 더운 날씨에 더해 평소와 달리 관중석을 빼곡히 메운 팬들의 우승을 향한 열띤 시선이 선수들에게 쏘아지는 것이 느껴지자 나이가 어린 선수들은 긴장을 감추지 못하고 침을 꿀꺽 삼키는 모습을 보이고 있었다.

부웅!

한쪽 구석에서 쉐도우 스윙을 하고 있던 스미스가 멍하니 서 있는 선수들을 향해 진중한 목소리로 말을 꺼냈다.

"전반기 우승이 걸린 경기니까. 평소에 경기장을 찾기 힘든 사람들도 오늘만큼은 두 눈으로 그 결과를 보고 싶었겠지."

부웅!

또 한 번 크게 배트를 휘두른 스미스는 잠시 배트를 늘어뜨리며 정신 줄을 반쯤 놓고 있던 선수들을 따뜻한 눈빛으로 바라봤다.

"긴장할 필요 없다. 여긴 우리의 홈이고, 저들은 모두 우리의 팬들이다. 긴장해야 할 이들은 우리가 아니라 원정 팀인 헌츠빌 녀석들이지. 저들은 거친 야유를 받겠지만, 우리는 열띤 응원을 받을 것이다. 우리는 팬들의 응원을 자양분 삼아서 최고의 결과를 보여주면 된다."

스미스의 말에 긴장을 하던 선수들이 고개를 끄덕이거나 자신의 볼을 가볍게 때려 보이며 몸에 자리 잡고 있던 긴장감을 떨쳐 버리려 노력했다.

"맞습니다. 역시 스미스 형님!"

"팬들에게 화답할 수 있도록 좋은 결과를 보여주자고!"

"3연승했는데 까짓것 4연승하고 우승하죠. 뭐."

선수들은 억지로 여유로운 표정을 짓고 있었지만 아직까지 긴장한 티를 완전히 지우지 못하는 모습이었다.

그 모습을 바라보던 민우가 가볍게 스킬을 사용했다.

'분위기 메이커.'

지잉—

스킬이 발동되는 느낌과 함께 몸이 가벼워지는 기분이 들자 민우는 입꼬리를 가볍게 말아 올렸다.

"역시 영감님은 다르네요."

이후 민우가 조용히 내뱉은 마지막 말에 잠시 멈칫거린 스미스가 미간을 찌푸린 채, 선수들이 있는 쪽으로 배트를 들어 보이며 무서운 목소리를 냈다.

"마지막 누구냐?"

"킥킥."

"죄송합다~"

농담 한마디에 발끈하는 스미스의 모습에 선수들이 웃음

을 터뜨리며 마지막까지 남아 있던 일말의 긴장감마저 털어냈다.

'타격의 신 스킬이 있기는 하지만, 팀원들이 활용할 수 있는 스킬이 하나 정도는 더 있으면 좋으니까.'

웃음기 어린 표정으로 그 모습을 바라보던 민우는 이틀 전, 1,000포인트를 주고 새로 구입한 스킬의 효과를 확인했다.

[분위기 메이커(Lv.1, 9%, Active)]
―하루 한 번 사용 가능(체력 10 소모).
―스킬 사용 후, 농담을 뱉을 시 바로 적용.
―소속 팀 선수들의 컨디션을 한 단계 상승시키고, 능력치 중 하나를 랜덤으로 상승시킵니다(현재 최대 +1).

스킬을 사용하며 가벼운 농담을 내뱉자 자연스럽게 선수들이 컨디션이 상승하며 긴장이 해소되는 모습이었다.

'어제는 긴가민가했는데, 오늘 보니 확실히 효과가 있어. 좋아. 이대로 우승까지 간다.'

"자! 슬슬 시작이다! 다들 파이어스에게 1패를 안겨주고 승리를 쟁취해 오자!"

"오우!"

"가자!!"

"마운드에서 끌어내리자!"

스미스의 선창의 뒤를 이어 호기롭게 외친 선수들이 일제히 그라운드로 쏟아져 나갔다.

"와아아아!"

동시에 홈 팬들의 격한 환호성이 그라운드를 울리기 시작했다.

           *   *   *

"플레이볼!"

주심의 경기 개시를 알리는 신호와 함께 전반기 우승을 향한 최후의 공방전이 시작되었다.

채터누가의 승리를 따내기 위해 선발투수로 오른 이는 우완 오버핸드 투수인 색스턴이었다.

데뷔 4년차 투수인 색스턴은 지난 시즌을 식스티 식서스에서 풀타임을 활약하며 8승 14패 방어율 3.96을 기록한 투수로 올 시즌 전격적으로 채터누가에 합류한 투수였다.

93마일(149㎞)대의 패스트볼에 슬라이더와 커브를 주로 던지며 아주 가끔 체인지업을 던져 타자의 심리를 흔드는 투구 유형을 가지고 있었다.

더블A에서 구원투수로 마운드를 오르던 색스턴은 6월부터 선발투수로 합류해 이후 3점대의 준수한 방어율을 기록하며 채터누가 선발진의 한 축을 담당하고 있었다.

홈이라면 평균 소화 이닝이 5.2이닝에 불과하다는 것이었는데, 이는 삼진을 잡기 보다는 스트라이크존에 걸치는 유인구를 주로 던지는 투구 특성 때문에 심판이 도와주지 않는 날에는 부진한 모습을 보이기 때문이었다.

하지만 오늘 경기에서는 초반부터 공이 제대로 긁히는 듯 스트라이크존 구석구석을 찌르며 타자들의 배트를 제대로 이끌어내고 있었다.

"아웃!"

"아웃!"

"아웃!"

"좋아!"

색스턴은 헌츠빌의 테이블 세터에 이어 3번 타자 휠러까지 3연속 땅볼로 돌려세우며 1회 초 헌츠빌의 공격을 깔끔하게 막아냈다.

색스턴이 여유 있는 걸음으로 마운드를 내려오며 빠르게 공수가 교대되었다.

1회 말, 마운드 위에는 리그 최고의 투수, 파이어스가 올라서고 있었다.

그 위풍당당한 뒷모습을 무너뜨리겠다는 다짐과 함께 채터누가의 타자들은 너 나 할 것 없이 조용히 그 연습 투구를 눈여겨보기 시작했다.

슈욱!

팡!

슈욱!

팡!

"이렇게 봐서는 그 대단한 성적의 이유를 전혀 모르겠단 말이지."

연습 투구를 바라보던 샌즈가 이해가 안 된다는 목소리를 내자 옆에 나란히 서서 그 모습을 바라보던 페드로자가 고개를 강하게 끄덕였다.

"맞아. 타석에 들어서야 저 녀석의 진가가 발휘된다고. 지난 번에도 저 녀석의 연습 투구만 보고 방심했다가 첫 타석부터 멘탈 나갔었잖아."

파이어스가 연습구를 하나하나 뿌리는 모습을 바라보던 페드로자 역시 방심해서는 안 된다는 듯 전의를 다지고 있었다.

그리고 그 옆으로 많은 선수가 주르륵 일어선 채로 파이어스를 향해 이글거리는 눈빛을 보내고 있었다.

민우 역시 그 사이에서 동료들과 비슷한 모습을 보이고 있었다.

당연하지만 민우는 파이어스를 실제로 상대한 적이 없었다.

그렇기에 다른 투수들을 상대할 때와 마찬가지로 영상 분석실의 조악한 영상과 스카우팅 리포트를 제외하고는 아무런 정보가 없는 상태였다.

상대 투수가 그저 그런 투수였다면 민우의 능력으로 얼마든지 실력을 발휘할 수 있었다.

하지만 이번 상대는 전반기 우승이 달린 최종전에 탈 마이너리그급의 능력을 보이는 투수였기에 민우 역시 평소보다 더욱 관심을 가지고 파이어스의 연습 투구를 눈여겨보고 있었다.

"분명 구속은 90마일 언저리인데… 다른 투수들하고는 무슨 차이가 있는 걸까?"

민우가 혼자서 중얼거리는 것을 들은 마이어가 민우의 어깨에 손을 올리며 고개를 저었다.

"파이어스 녀석의 구속에 속으면 안 돼. 저 녀석의 진짜 무기는 제구력, 그리고 공의 무브먼트야."

"무브먼트?"

"그래. 내가 포수 포지션이라서 매번 다른 투수의 공을 받잖아? 그런데 타석에서 보이는 저 녀석의 패스트볼은 다른 마이너리그 투수들과는 상당히 달라. 뭔가 꿈틀대면서 들어오는 느낌이라고 할까? 떠오르는 것 같기도 하고. 아니… 공이무슨 날개 달린 것처럼 떠올랐다가 내려앉는다고 표현하면 이해가 되려나."

"떠오른다라……."

마이어의 말에 민우의 뇌리에 전설 속에만 존재하는 공, 라이징 패스트볼이 떠올랐다 사라졌다.

'현실적으로 떠오르는 건 불가능하다고 알고 있는데……. 공의 회전수가 다른 선수들보다 많은 건가?'

슈욱!

팡!

"스트라이크!"

마이어의 이야기를 듣고 잠시 고민하는 사이, 파이어스가 연습 투구를 끝내고 1번 타자인 고든을 상대하기 시작했다.

민우가 그라운드로 시선을 돌리자 마이어가 민우의 어깨를 가볍게 두드리며 말을 이었다.

"시작했군. 잘 보고 타석에 들어가서 한 번 상대해 봐. 그러면 내 말이 무슨 말인지 알게 될 거야."

마이어는 그 말을 끝으로 파이어스의 투구에 집중하기 시작했다.

슈욱!

팡!

"스트라이크 아웃!"

1번 타자인 고든이 허공에 배트를 크게 휘두르며 순식간에 삼진을 당하고 말았다.

"허… 참나……."

잠시 황당한 표정으로 마운드를 바라보다 천천히 더그아웃으로 돌아왔다.

하지만 이것은 굴욕의 시작에 불과했다.

더그아웃에서 파이어스와 타자들의 대결을 바라보던 선수들의 표정은 점점 경악으로 물들어갔다.

슈욱!

팡!

"스트라이크 아웃!"

2번 타자인 램보는 파이어스의 공 단 3개에 삼진을 당하고 말았다.

슈욱!

팡!

"스트라이크 아웃!"

"큭!"

그리고 3번 타자인 샌즈마저 뚝 떨어지는 커브볼에 휘청거리며 배트를 휘두르며 파이어스에게 3번째 삼진을 헌납하고 말았다.

1이닝 무피안타 3K.

경기장에 울려 퍼지던 채터누가 홈 팬들의 응원 소리는 어느새 더 이상 들려오지 않고 있었다.

채터누가의 홈 팬들은 묵묵히 자신의 할 일을 끝내고는 마운드를 내려가는 파이어스의 넓은 어깨를 바라보며 하나같이 암울한 표정을 지어 보이고 있었다.

─와우, 정말 입이 다물어지지 않네요. 파이어스가 오늘 단

단히 벼르고 나온 것 같습니다. 채터누가의 1, 2, 3번 타자를 모두 삼진으로 돌려세우며 마운드를 내려가고 있습니다.

─채터누가와의 4차전 중 3차전을 내리 패배를 당하며 돌아섰던 헌츠빌인데요. 오늘 경기가 전반기 우승의 분수령이 되는 경기인 채터누가의 입장에서 너무나도 불행한 일이 아닐 수가 없습니다.

─하지만 아직 경기는 1회가 끝났을 뿐입니다. 남은 이닝 동안 채터누가의 타선이 과연 파이어스를 공략할 수 있을까 궁금해지는군요.

─테네시 스모키스도 방금 1회 말이 끝났고, 스코어는 아직까지 변함이 없다고 하는군요. 중간중간에 계속 소식 전해 드리도록 하겠습니다.

민우는 자신의 장구와 함께 샌즈의 장구를 챙겨 그라운드로 나섰다.

"뭐 저런 무시무시한 놈이 다 있어."

파이어스에게 3번째 삼진을 헌납한 샌즈는 아직도 마지막 공이 잊혀지지 않는 듯, 헬멧을 1루 코치에게 넘긴 채, 황당한 표정을 지어 보이고 있었다.

"자, 네 거. 마지막 커브가 그렇게 대단했어?"

장구를 넘겨주며 건네는 민우의 물음에 외야를 향해 발걸음을 천천히 옮기던 샌즈가 힘없이 대답했다.

"파이어스의 커브에 비하면 다른 투수들 커브는 밋밋한 수준이야. 타석에 서보면 알게 될 거야."

수비 위치가 다르기에 점점 멀어져 가는 샌즈를 바라보던 민우는 수비 위치에 자리를 잡고는 잠시 생각에 잠겼다.

'마이어도 그렇고, 샌즈도 그렇고. 상대해 보면 안다고 하니…… . 도대체 얼마나 대단한지 점점 궁금해지네.'

파이어스를 공략하지 못한다는 건, 전반기 우승이 불가능하다는 말이었다.

색스터가 와인드업 자세를 취하는 것을 본 민우가 수비를 위해 자세를 숙인 순간.

따아악!

묵직한 타격음이 그라운드를 훑으며 민우에게까지 들려왔다.

'헐.'

타격음이 귓가를 때리는 순간, 민우를 포함한 많은 이가 홈런임을 직감할 수 있었다.

민우는 우측 외야 쪽을 향해 쭉 뻗어 있는 라인이 생겨남과 동시에, 그 라인을 따라 빠르게 뻗어가는 타구를 멍하니 바라볼 수밖에 없었다.

헌츠빌의 선두 타자로 나선 4번 앤더슨의 기습적인 솔로 홈런이었다.

'쉽게 승리를 내어줄 생각은 없다 이 말이겠지.'

민우는 굳은 얼굴로 다이아몬드를 돌고 있는 앤더슨을 잠시 바라보다가 이내 원정 팀 더그아웃 쪽으로 시선을 돌렸다.

관중의 대부분이 채터누가의 팬들인 탓에 원정 팀 더그아웃에서 들려오는 함성 소리가 가장 크게 들려왔다.

그리고 그 가운데에 난간에 기대어 한 손을 들고 있는 파이어스의 모습도 보였다.

'파이어스… 이번 시즌 한 경기 최다 실점이 2실점이라고 했지…… 단순 계산대로라면 한 점을 더 주면 승리는 희박해진다는 뜻이고.'

파이어스를 지그시 바라보던 민우는 이내 시선을 돌려 다시 수비에 임할 준비를 했다.

색스턴은 2회 초, 앤더슨에게 불의의 솔로 홈런을 얻어맞았지만, 이후 나머지 세 타자를 유격수 땅볼—중견수, 플라이—좌익수 플라이로 깔끔하게 처리하며 더 이상의 추가 실점은 하지 않았다.

2회 말, 스코어는 0 대 1.

채터누가의 선두 타자로 나서는 이는 4번 스미스였다.

스미스는 더그아웃을 나오기에 앞서 선수들에게 자신감을 불어넣고 있었다.

"1회는 잊어버려라! 다른 녀석들도 첫 타석에 너무 연연하지 마라! 첫 타석은 저 녀석의 공을 눈에 최대한 익힌다고 생각하고, 그 다음 타석부터 훈련에서 했던 대로 각자 타격에 조금씩 변화를 주는 거다. 그렇게 한다면 분명 우린 이길 수 있다! 자기 스스로에게 믿음을 가져라!"

"오케이!"

"스미스 형님이 그렇다면야!"

"알겠습다!"

그 모습에 씨익 웃으며 돌아선 스미스의 입가엔 언제 그랬냐는 듯 미소가 지워지고 굳은 얼굴이 되어 있었다.

스미스의 시선은 어느새 마운드 위에서 당당한 기운을 내뿜고 있는 파이어스에게로 쏠려 있었다.

'패배감을 안고 타석에 들어서선 아무것도 할 수가 없지만… 저 녀석을 기합만으로 무너뜨릴 수 있었다면 진즉에 해냈겠지.'

더그아웃을 등진 채, 대기 타석에 놓여 있는 파인타르 스틱을 들어 배트 손잡이에 문지르는 스미스의 얼굴은 펴질 줄을 몰랐다.

그리고 다음 타석에 들어설 준비를 하기 위해 대기 타석으로 이동한 민우의 눈에 스미스의 굳은 얼굴이 들어왔다.

'스미스의 표정이… 좋지 않은데?'

민우가 자신을 쳐다보는 것을 느꼈을까.

스미스가 허리를 펴 민우를 한 번 바라보더니 언제 표정이 굳어 있었냐는 듯 옅게 웃으며 스틱을 내밀었다.

"자, 난 다 썼다."

"아, 예."

민우가 스틱을 받아들자 스미스는 곧장 타석으로 향하며 배트를 크게 휘둘러 보였다.

민우는 그런 스미스의 모습을 잠시 멍하니 바라보고만 있었다.

'저번 마이어의 일도 그렇고, 정말 속이 깊은 사람이다.'

민우는 스미스의 어깨를 무언가가 짓누르고 있는 듯한 느낌에 오늘만큼은 정말로 지고 싶지 않다는 생각이 샘솟기 시작했다.

슈우욱!

틱!

'큭!'

파이어스의 폭포수처럼 떨어지는 커브를 무릎을 꿇은 채 겨우 커트해 낸 스미스가 이를 악물며 중심을 잡았다.

볼카운트는 2볼 2스트라이크.

볼카운트가 몰린 뒤, 벌써 2개째 아슬아슬하게 건드리고 있는 상황이었다.

'예전보다 더욱 성장했다고 해야 하나.'

배터 박스에서 한 발 물러서 배트가 부러졌는지 확인한 스미스가 다시 배터 박스에 들어섰다.

스미스는 배터 박스의 가운데에 자리를 잡고 있었는데 만약 배터 박스의 가장 뒤쪽에 자리를 잡았다면 각이 큰 커브볼에 삼진으로 물러섰으리라는 생각에 등골이 오싹했다.

'이제 겨우 2회 말일 뿐인데, 벌써 경기의 막바지에 이른 듯한 느낌이야. 내가 저 녀석의 공에 말리고 있다는 증거겠지.'

스미스는 긴장을 털어내기 위해서인지 연신 배트를 돌리며 파이어스를 노려보고 있었다.

그런 스미스의 굳은 표정을 바라보던 헌츠빌의 포수, 불러의 입꼬리가 씨익 하고 올라갔다.

'이전에 배터 박스에 서던 위치보다 조금 앞으로 나섰다고 녀석의 공을 쉽게 공략할 수 있다고 생각한 건 아니겠지. 그게 그렇게 쉬웠다면 이미 많은 타자가 파이어스의 공을 두들겼을 거다. 후후후.'

잠시 스미스를 향해 옅은 비웃음을 날린 포수는 이내 스미스에게서 눈을 돌리고는 가랑이 사이로 손을 이리저리 움직여 보였다.

'이 녀석, 아마 조금 전의 커브볼 때문에 시야가 흐려져 있을 거야. 스트라이크존 위쪽으로 들어가는 하이 패스트볼로 허를 찌르자고.'

포수의 사인에 마운드 위의 파이어스가 가볍게 고개를 끄덕이고는 글러브를 가슴팍으로 들어 올리고 잠시 동작을 멈췄다.

그러고는 글러브를 머리 위로 끌어 올린 뒤, 글러브를 하늘

높이 들어 올리는 특유의 역동적인 투구 폼으로 강하게 공을
뿌렸다.

슈우우욱!

파이어스가 뿌린 공은 포수의 요구대로 스트라이크존 위쪽
으로 아슬아슬하게 걸칠 듯 빠르게 날아오고 있었다.

공의 궤적을 확인한 스미스의 두 눈이 크게 떠졌다.

'패스트볼!'

파이어스가 뿌린 공이 브레이킹 볼이 아니라 패스트볼임을
뒤늦게 알아차린 스미스가 삼진을 당하지 않기 위해 본능적
으로 배트를 내밀었다.

탁!

뒤늦게 내밀어진 배트가 공의 밑면을 건드리며 삼진을 면했
지만, 스미스의 표정은 그리 밝지 않았다.

공을 뿌린 파이어스와 공을 건드린 스미스, 그리고 공을 받
기 위해 미트를 내밀고 있던 불러의 시선이 동시에 하늘로 향
하고 있었다.

스미스가 건드린 공이 1루수 방면으로 크게 솟아올랐다.

'젠장.'

답답한 마음에 배트를 바닥에 내려치려던 스미스는 자신을
지켜보고 있을 많은 이가 뇌리에 떠오르자 가볍게 배트를 옆
으로 던진 뒤, 고개를 든 채 1루를 향해 달려가기 시작했다.

팍!

"아아아!"

"안 돼."

하지만 몇 걸음 떼지 않아 귓가에 들려오는 관중들의 탄식과 함께 1루수의 글러브에 자신의 타구가 빨려 들어가는 것을 보고는 미련 없이 홈팀 더그아웃으로 발길을 돌렸다.

동시에 전광판에 아웃 카운트를 가리키는 숫자가 0에서 1로 바뀌었다.

탁!

그리고 대기 타석에서 그 모습을 바라보던 민우가 배트를 크게 휘두르고는 천천히 배터 박스로 향하기 시작했다.

잠시 기가 죽어 있던 홈 팬들은 민우가 배터 박스로 향하는 모습에 다시금 열띤 환호를 보내기 시작했다.

"강! 강!"

"한 방 날려 버려!"

"채터누가를 승리로 이끌어줘!"

평소보다 더욱 열띤 응원 소리에 민우를 향한 믿음이 담겨 있는 것이 느껴지자 민우가 잠시 고개를 돌려 관중석을 바라봤다.

그리고 그들의 시선에서 승리를 향한 강한 열망이 보이자 민우의 심장이 조금은 빨리 뛰기 시작했다.

저들의 기대를 저버리고 싶지 않다.

스미스를 대신해서 파이어스를 뭉개 버리고 싶다.

민우의 마음속에 강한 열망이 자라나기 시작했다.

'기선 제압은 초장이 중요한데, 한 번 확인해 볼까.'

민우는 배터 박스에 자리를 잡으며 파이어스를 지그시 바라봤다.

[파이어스, 26세]

─구속[R, 63(33%)/100], 제구[U, 72(13%)/100], 멘탈[R, 70(30%)/100], 회복[R, 68(28%)/100]

─종합[R, 273/400]

파이어스의 능력치를 빠르게 확인한 민우의 눈이 놀라움에 살짝 커졌다.

'와… 구속은 그저 그런데 멘탈이랑 제구가 확실히 좋구나.'

파이어스의 장점이 여실히 드러나는 부분이 바로 제구와 멘탈 능력치였다.

느린 구속을 커버하는 뛰어난 제구력, 그리고 쉬이 흔들리지 않는 파이어스의 장점을 능력치가 증명해 주고 있었다.

'거기다 멘탈 능력치가 레어면 '투기 발산'을 쓴다고 해도 성공 확률은 고작 30%고……. 지금 시도하는 게 옳은 걸까?'

잠깐 생각에 잠긴 사이 헌츠빌의 배터리가 사인 교환을 마친 듯, 파이어스가 고개를 끄덕이는 것이 보였다.

찰나의 순간, 결심을 내린 민우가 스킬을 발동시켰다.

'투기 발산.'

지잉!
[투기 발산의 효과가 성공적으로 적용되었습니다.]
[파이어스의 구속과 제구 능력치가 10% 하락합니다.]

'성공이다!'

고작 30%라는 낮은 성공 확률이었지만, 운이 좋게도 파이어스에게 스킬이 먹혀 들어갔다.

'어디 한 번 확인해 보자고!'

파이어스는 자신에게 적용된 변화를 전혀 눈치채지 못한 듯 천천히 가슴팍으로 글러브를 끌어 올렸다.

그 모습에 민우 역시 배트를 다잡으며 대응할 준비를 마쳤다.

곧이어 파이어스가 역동적인 투구 동작으로 공을 뿌렸다.

그리고 공을 뿌리는 순간, 파이어스의 얼굴에 의문이 섞인 표정이 떠오르는 것이 보였다.

슈우욱!

하지만 그런 파이어스를 뒤로한 채, 그의 손을 떠난 공이 위로 높이 휘어지는 궤적을 그리며 느릿한 속도로 홈 플레이트를 향해 날아오고 있었다.

'훗.'

그 모습에 속으로 미소를 보인 민우는 곧장 스트라이드를 내디디며 허리에 강하게 회전을 걸었다.

'너도 한 방 먹어봐라!'

홈 플레이트 바로 위에서 민우가 내돌린 배트의 스위트 스 폿에 떨어져 내리던 공이 정확히 맞물리며 깨끗한 타격음을 내뱉었다.

따아아악!

그 소리에 긴장된 표정으로 그라운드를 바라보고 있던 수 많은 팬이 벌떡 일어서며 한마음으로 타구의 행방을 쫓기 시 작했다.

민우의 배트에 부딪치며 총알같이 쏘아진 타구가 순식간에 내야를 벗어나 외야의 하늘로 날아올랐다.

배트에서 느껴지는 감각이 깃털처럼 가벼웠다.

민우는 천천히 배트를 쥔 손을 풀었다.

'이걸로 동률이다.'

그라운드를 정확히 반으로 가르듯 센터 펜스를 향해 날아 가던 타구는 펜스를 한참이나 여유를 두고 넘어가는 모습을 보였다.

멀찍이 뻗어가는 타구를 바라보며 천천히 뜀박질을 하던 민우는 시선을 돌려 마운드 위에 서 있는 파이어스를 바라봤 다.

그러고는 살짝 놀란 눈을 뜨며 다이아몬드를 돌기 시작했다.

타구가 펜스를 넘어 사라지자 일어서 있던 관중들이 일제히 만세를 하며, 박수와 함께 환호성을 내지르기 시작했다.

"와아아아!"

"믿을 건 역시 강민우다!"

"킹 캉! 킹 캉!"

팬들 사이로 민우가 하이 싱글A에서 불렸던 별명을 용케도 알아내 불러주는 이들이 보였다.

그리고 일부 팬들은 격한 표정으로 파이어스를 노려보며 그가 무너져 내리기를 바라고 있었다.

"이대로 파이어스를 강판시켜 버리자!"

"저 녀석에게 우리의 우승을 빼앗길 순 없다고!"

─5번 타자 강민우 선수가 1구부터 받아쳤습니다! 중견수 뒤로!! 뒤로!! 담장!! 넘어~ 갑니다!! 강민우 선수가 오늘 경기 자신의 첫 번째 타석에서 첫 번째 공을 받아쳐서 홈런을 만들어냅니다! 시즌 7호 홈런입니다! 경기는 다시 원점으로 돌아옵니다!

─단 하나의 실투도 보이지 않으며 잘 던지고 있던 파이어스였는데요. 손에서 빠진 것인지 느릿한 구속에 밋밋한 궤적을 그리면서 결국 한가운데로 몰렸거든요.

이 공을 강민우 선수가 제대로 받쳐 놓고 때려내면서 센터 펜스를 훌쩍 넘어가는 엄청난 비거리의 홈런이 나왔습니다.

비거리가 거의 450피트는 되어 보이네요!

　─앞선 6경기에서 계속해서 좋은 모습을 보여주고 있던 강민우 선수인데요. 오늘 경기, 앞선 타자들이 무기력하게 물러난 것을 이 한 방으로 만회를 시키고 있습니다.

　─예. 맞습니다. 고무적인 사실은 헌츠빌과의 4연전에서 매 경기 홈런을 때려내며 4경기 연속 홈런 기록을 만들어냈다는 것입니다. 넓게 보면 더욱 놀라운데요. 7경기에서 홈런이 무려 7개입니다! 하하하! 과연 이게 하이 싱글A에서 갓 올라온 타자가 만들어낼 수 있는 기록인지 저는 참 놀랍고도 놀랍습니다.

　마운드 위의 파이어스의 얼굴엔 여전히 의문스러움이 남아 있었다.

　하지만 그것도 잠시였다.

　자신의 손을 바라보며 쥐었다 폈다 하는 모습을 보이더니 이내 로진백을 매만지며 조금 전의 홈런을 잊어버리려는 모습을 보이고 있었다.

　'꽤 침착하네?'

　홈 플레이트를 가볍게 밟으며 파이어스를 한 번 더 바라본 민우는 마이너리그의 다른 투수들과 달리 침착한 모습을 보이고 있는 파이어스의 모습에 고개를 저을 수밖에 없었다.

　더그아웃으로 다가가자 수베로가 환하게 웃는 낯으로 민우를 향해 손을 들어 보였다.

"저 녀석에게 한 방을 먹이다니. 정말 최고의 스윙이었다."

"감사합니다."

민우가 더그아웃 안쪽으로 들어가자 선수들이 우르르 몰려와 민우의 등과 머리를 마구 두들기기 시작했다.

"이 괴물 같은 놈!"

"으하핫!"

"우리의 복수를 해준 거냐!"

"네가 파이어스에게까지 한 방을 먹일 줄은 꿈에도 몰랐다!"

민우는 온몸에서 아픔이 느껴졌지만 선수들이 진심으로 기뻐하며 자신을 두드리는 것이 그들의 행동에서 느껴졌기에 고통을 기쁘게 받아들였다.

그 모습을 지그시 바라보던 수베로가 주먹을 꽉 쥐며 그라운드로 시선을 돌렸다.

'민우의 홈런으로 넘어갔던 분위기를 다시 가져왔다. 하지만… 이 기세를 이어갈 수 있을까.'

수베로는 우려 섞인 눈빛으로 타석으로 들어서는 페레즈의 뒷모습을 바라봤다.

'파이어스 녀석을 흔들기 위해서는 아직 부족해. 색스턴이 헌츠빌의 식물 타선을 잘 막아준다는 가정하에… 최소 3점, 3점을 얻으면 승기는 우리에게 넘어올 거야.'

파이어스가 위력적인 투구로 채터누가의 타선을 누르고 있지만, 헌츠빌의 타선은 리그 평균 이하의 타격을 보여주고 있었다.

4연전 중 1, 2차전에서 헌츠빌에게 내어준 점수는 단 5점.

3차전에서 불의의 일격을 맞긴 했지만 이는 선발투수인 리치의 시즌 방어율이 5점대에 이른다는 것을 생각하면 불가능한 일은 아니었다.

수베로는 잠시 시선을 돌려 더그아웃 안쪽에서 점퍼를 걸치고 있는 색스턴을 바라봤다.

색스턴은 굳은 표정으로 마운드 위에 서 있는 파이어스를 노려보고 있는 듯 보였다.

'오늘 색스턴의 구위는 평소에 보여주던 모습 그 이상이다. 녀석도 오늘의 승리를 따내고 싶겠지. 최대한 긴 이닝을 먹어다오.'

2회 말, 민우의 솔로 홈런으로 불의의 일격을 맞은 파이어스였지만 이후 6번 페레즈와 7번 페드로자를 삼진과 유격수 땅볼로 돌려세우며 다시금 건재한 모습을 보이기 시작했다.

이후 소득 없는 공방을 계속하던 경기는 4회 초, 헌츠빌의 선두 타자로 나선 2번 진들이 유격수와 2루수 사이를 꿰뚫는 안타를 때려내며 다시 한 번 기회를 잡았다.

4회 초, 무사에 주자는 1루.

타석에는 헌츠빌의 3번 타자인 휠러가 들어서고 있었다.

휠러는 이번 시즌 0.269의 타율을 기록하고 있었는데 팀 내에서 가장 많은 5홈런을 때려내며 펀치력을 뽐내고 있는 타자이기도 했다.

마운드 위에서 휠러가 들어서는 모습을 바라보던 색스턴의 뇌리에 연신 호투를 보이는 파이어스의 모습이 잠시 떠올랐다.

'여기서 큰 거 한 방 맞으면… 아마 힘들겠지.'

잠시 좋지 않은 생각이 들자 색스턴이 빠르게 고개를 저어 머릿속을 비웠다.

색스턴은 로진백을 주워 손 위에서 툭툭 털고는 시선을 돌려 자신의 뒤를 지켜주는 동료들의 얼굴을 빠르게 훑었다.

그 자신들이 안타를 때려내지 못해서일까.

오늘 유독 멋진 수비로 내야를 빠져나갈 뻔한 안타성 타구를 막아낸 것만 해도 2개였다.

'나도 오늘은 죽을힘을 다해서 던진다.'

모두가 준비를 마친 듯 보이자, 다시 마운드 위 투수판에 자리를 잡은 색스턴이 포수와 빠르게 사인을 교환하기 시작했다.

마이어는 배터 박스에 우뚝 서 있는 휠러의 튼튼한 몸을 잠시 바라보고는 그의 타격 스타일을 떠올렸다.

'이 녀석, 몸 쪽 높은 코스와 바깥쪽 가운데 코스에 강하지만 그 외의 코스는 2할이 채 되지 않는다. 심지어 한가운데 꽂아 넣는 공도 자주 놓치는 녀석이니까. 공갈포만 조심하면 돼.'

생각을 마친 마이어는 곧장 다리 사이에서 빠르게 손을 놀렸다.

'철저하게 낮은 코스로 가자고. 일단 이 녀석을 배터 박스에서 떨어뜨리자. 몸 쪽에서 휘어져 들어가는 백 도어 커브를 하나 보여주자고.'

마이어의 사인을 확인한 색스턴이 굳은 얼굴로 고개를 끄덕이고는 글러브 안에 넣은 손을 이리저리 돌려보았다.

'오늘은 제대로 긁히고 있으니까, 가능해.'

마운드 위에서 글러브를 끌어 올린 색스턴은 어깨너머로 1루 주자를 힐긋 견제하고는 세트 포지션으로 빠르게 공을 뿌렸다.

슈우욱!

색스턴의 손을 떠난 공이 살짝 떠올라 자신을 향해 날아오는 모습이 보이자 스트라이드를 내디디며 타이밍을 맞추던 휠러가 몸을 돌리며 방어 자세를 취했다.

하지만.

팡!

"스트라이크!"

색스턴의 커브는 몸 쪽 가장 낮은 코스의 스트라이크존에 아슬아슬하게 걸치며 들어왔고, 주심의 손이 자동으로 올라가며 스트라이크를 선언했다.

"왓 더……."

몸을 움츠리며 곧 느껴질 통증을 대비하고 있던 휠러는 미트에 공이 파고드는 소리와 함께 들려오는 주심의 스트라이크 선언에 두 눈을 동그랗게 뜬 채 황당한 표정을 지어 보였다.

'이게 들어왔다고?'

의문에 찬 눈빛으로 주심을 바라봤지만 주심은 오히려 굳은 얼굴을 한 채 휠러에게 한마디를 내뱉었다.

"내 판정에 불만이라도 있나?"

그 모습에 휠러는 부정의 의미로 빠르게 고개를 돌렸다.

'쳇.'

휠러는 그저 애꿎은 배터 박스의 흙을 파헤치며 불만을 삭였다.

슈우욱!

팡!

"볼!"

이후 2구는 바깥으로 흘러나가는 슬라이더였지만 휠러가 아슬아슬하게 배트를 내밀지 않으며 볼이 되었다.

3구는 허를 찌르는 스트라이크존의 높은 코스에 걸치는 패스트볼을 뿌렸다.

슈우욱!

팡!

"볼!"

휠러는 이번에도 배트를 움직였지만 잘 거두어들이는 모습을 보였다.

'3구는 잡아줄 법도 했는데, 아쉽네.'

높은 코스의 공을 요구했던 마이어가 약간은 아쉬운 표정으로 조금 전의 판정을 되새겼다.

볼 카운트는 2볼 1스트라이크.

이번에도 볼로 판정이 되는 공을 뿌린다면 그 다음은 색스턴에게 더욱 불리해질 상황이었다.

그러다 문득, 마이어의 뇌리에 스트라이크존 한가운데로 꽂아볼까 하는 생각이 들었지만 자신이 생각해도 우스운지 입꼬리를 가볍게 말아 올렸다.

'아무리 이 녀석이 한가운데 공을 자주 놓친다고는 하지만, 지금 도박을 시도하기엔 상황이 좋지 않아. 체인지업을 던져볼까?'

4회 초가 진행되고 있는 지금까지 색스턴이 단 한 번도 던지지 않은 공이 체인지업이었다.

'연습 투구에서는 제구가 꽤 잘되는 느낌이었기도 하니까. 허를 찌르기엔 지금이 최적의 타이밍이다.'

결심을 내린 마이어가 다리 사이로 손을 놀리며 색스턴에게 사인을 전달했다.

그리고 마이어의 사인을 받은 색스턴은 일말의 고민 없이 가볍게 고개를 끄덕이며 마이어의 결정을 따랐다.

색스턴이 글러브를 가슴팍으로 끌어 올렸을 때.

"타임!"

휠러가 한 손을 들고 타임을 요청했다.

주심이 이를 받아들이며 양손을 들어 올리고는 타임을 선언했다.

'뭔가 낌새라도 눈치챈 건가?'

휠러가 3루 코치의 사인을 받는 모습에 마이어가 잠시 생각에 잠겼다.

하지만 원래의 사인을 고수하기로 결정을 내렸다.

이내 휠러가 배터 박스로 들어서며 경기가 재개되었다.

마이어의 사인을 받은 색스턴은 이번에도 고민 없이 고개를 끄덕였다.

그리고 곧장 세트 포지션으로 빠르게 공을 뿌렸다.

슈우욱!

색스턴의 손을 떠난 공이 잠시 패스트볼의 궤적을 그리다가 천천히 떨어져 내리기 시작했다.

동시에 휠러가 레그킥을 평소보다 더 높이 들며 타이밍을 맞추더니 이내 스트라이드를 내디디며 배트의 궤적을 아래쪽으로 돌리기 시작했다.

따아악!

휠러의 배트와 공이 허공에서 맞부딪치며 찢어지는 듯한 타격음을 내뱉었다.

휠러가 당겨 친 타구는 라인드라이브의 궤적을 그리며 투수의 옆을 빠르게 스치고는 유격수의 머리 위로 빠르게 쏘아졌다.

"핫!"

자신의 머리 위로 넘어갈 것 같은 총알 같은 타구에 고든이 있는 힘껏 점프를 하며 글러브를 쭉 뻗어보았다.

쑤아악!

하지만 글러브에 공이 빨려 들어가는 둔탁한 느낌 대신 바람을 가르는 소리가 들려오자 허공에 떠올랐던 고든의 얼굴이 구겨지고 말았다.

"젠장!"

그 모습에 더블 아웃을 당하지 않기 위해 주춤거리던 1루 주자가 급히 2루를 향해 달려가기 시작했다.

그리고 모습에 허를 찔렸다는 듯, 채터누가의 배터리의 표정이 일그러졌다.

─제4구 쳤습니다! 유격수!! 힘껏 점프해 보지만 아슬아슬하게 글러브를 스쳐 지나갑니다! 좌중간으로 빠르게 빠져나

가는 안타성 타구가 만들어집니다! 동시에 주자는 2루를 향해 내달리는데요!

─뒤로 흘러나가는 타구의 진행 방향에는 어느새 중견수 강민우가 빠른 속도로 달려가고 있습니다.

타다다닷!

민우는 휠러의 타격과 동시에 자신의 눈앞에 만들어진 궤적이 외야를 향해 뻗어나옴과 동시에 곧장 타구의 진행 방향으로 내달리기 시작했다.

'2루타 코스!'

그리고 그런 민우의 판단과 스타트가 옳았다는 듯 민우의 시야에 점핑 캐치를 시도하는 고든의 위쪽으로 빠르게 넘어오는 타구가 들어왔다.

'3루에선 잡을 수 있어!'

이내 민우가 라인의 끝에 보이는 반구에 도달함과 동시에 글러브를 내리깔며 외야로 굴러오던 타구를 빠르게 잡아냈다.

착!

동시에 민우는 고민할 것도 없다는 듯 2루를 돌아 3루를 향해 달려가고 있는 주자를 잡아낼 요량으로 3루를 향해 강하게 공을 뿌렸다.

쑤아아악!

일련의 동작이 물 흐르듯 부드럽게 이어지자, 마치 맨손으로 잡아 던지는 것처럼 빠르게 송구가 이루어졌다.

2루를 돌아서 3루로 향하던 주자는 민우가 공을 잡는 모습을 힐긋 보고는 거친 숨을 몰아쉬며 3루를 향해 더욱 빠르게 달리려 노력했다.

─스타트가 조금 늦었던 1루 주자가 이제 2루를 돌아서 3루로 내달립니다! 동시에 강민우 선수가 공을 잡자마자 신속하게 공을 빼들고는 3루를 향해 강하게 송구를 시도합니다! 1루 주자는 3루에서!!!

총알같이 쏘아져 날아온 송구가 3루수의 글러브에 빨려 들어갔다.

그와 동시에 빠르게 달리던 주자는 3루 코치의 제스처를 보고는 속도를 늦추지 않은 채 곧장 3루 베이스를 향해 헤드 퍼스트 슬라이딩을 시도했다.

촤아악!

팍!

누가 먼저라고 할 것 없이 거의 동시에 태그가 이루어진 상황이었다.

3루 베이스 위에 엎어진 채로 멈춰 선 주자의 고개가 곧장 옆으로 물러서 있던 3루심을 향해 돌아갔다. 그리고 3루심은 주먹을 가볍게 들어 올리며 아웃을 선언했다.

"아웃!"

3루심의 아웃 판정에 3루 코치는 허탈한 표정으로 고개를 절레절레 저어 보였다.

"젠장!"

퍽! 퍽퍽!

동시에 아웃을 당한 주자는 분노가 치밀어 오르는 듯 거친 욕설을 내뱉으며 3루 베이스를 주먹으로 내려치는 모습을 보였다.

'제대로 스타트를 끊었다면 살 수 있었는데!'

퍽퍽!

유격수의 점핑 캐치 시도로 인해 주춤거렸던 탓에 늦어진 스타트가 독이 되었고, 결국 3루에서 아웃이 됐다는 생각이 들자 화가 치밀어 오른 것이었다.

"와아아아아아!"

3루에서 주자를 잡아내는 멋진 수비가 나오자 관중석에서 오랜만에 기쁨에 찬 함성이 터져 나왔다.

―3루에서! 아웃! 아웃입니다! 강민우 선수의 자로 잰 듯한 송구에 3루수 스미스 선수의 신속한 태그가 완벽한 조화를 이루며 주자를 지워 버립니다! 그사이 타자 주자는 2루에 도달합니다.

―3루에서 주자가 아웃이 되면서 무사 1루 상황은 1사 2루

상황으로 바뀌게 됩니다. 득점권에 주자를 내보내기는 했지만 아웃 카운트 하나를 챙기는 채터누가입니다.

─저는 개인적으로 강민우 선수의 빠른 스타트가 결국 주자를 3루에서 잡아내는 데 결정적인 역할을 했다고 봅니다.

다시 보시면, 타자가 배트를 내밀어 공을 때려내는 순간, 강민우 선수는 이미 타구의 방향을 예측하고 스타트를 끊었거든요. 이게 시간상으로 거의 0.1초라고 해야 될까요.

마치 이쪽으로 타구가 날아올 것을 알고 있었다는 듯한 움직임을 보여줬습니다. 거기다 송구까지 이어지는 동작도 정말 예술적이었습니다. 마지막 스미스의 간결한 태그도 정말 완벽했습니다.

─만약 세이프가 되었다면 안타 하나로 2점을 내어줄 수 있는 위기가 될 수도 있었는데, 방금 전의 호수비는 정말 결정적이라고 할 수 있겠습니다.

'좋았어!'

공을 뿌린 뒤 3루에서 눈을 떼지 못하던 민우는 3루심의 아웃 판정에 주먹을 불끈 쥐어 올렸다.

이후 헌츠빌의 4번 타자인 앤더슨의 타구가 우측 펜스를 향해 뻗어갔지만 아슬아슬하게 펜스 앞에서 잡히며 2루 주자는 여유 있게 3루로 태그 업에 성공했다.

색스턴은 5번 타자인 윌슨을 삼진으로 돌려세우며 실점 없이 이닝을 마무리 지을 수 있었다.

더그아웃으로 향하는 길목에 서서 기다리던 색스턴이 민우를 향해 손을 내밀며 웃음을 지어 보였다.

"멋진 송구였어. 덕분에 한숨 돌렸다."

그 모습에 민우가 가볍게 손을 맞대면서 한마디를 내뱉었다.

"그럼 타석에서 안타 하나만 날려줘. 투수 멘탈 무너뜨리는 데는 그만한 것도 없을 테니까. 후후후."

"하하. 최대한 노력해 보지."

이후 4회 말, 채터누가의 타선은 파이어스를 상대로 여전히 무기력하게 물러나는 모습을 보이며 분위기를 타지 못하고 있었다.

반면 5회 초, 헌츠빌의 6번 타자부터 시작한 타선은 2루타와 안타 두 개를 뽑아냈지만 득점권에서 번번이 호수비에 타구가 걸려들면서 추가 득점을 하지 못했다.

5회 말, 선두 타자로 나선 이는 오늘 팀의 유일한 안타이자 득점을 홈런으로 만들어낸 주인공, 강민우였다.

민우가 그라운드에 모습을 드러내자 홈 팬들은 짜릿했던 홈런이 떠오른 듯, 다시 한 번 기대를 품고 민우를 응원하기 시작했다.

"강! 강!"

"홈런! 홈런!"

"이번에도 날려 버려!"

"채터누가를 구해줘!!"

마지막에 들려온 간절한 목소리에 민우가 배트를 꽉 쥐며 타석으로 향했다.

마운드 위의 파이어스는 민우의 등장에 미묘한 표정을 지으며 포수와 눈을 마주쳤다.

이윽고 민우가 배터 박스에 자리를 잡자 경기가 재개되었다.

그리고 이미 무언가 작전을 세워둔 듯, 헌츠빌의 배터리는 별다른 사인 교환 없이 곧장 투구 준비에 들어갔다.

민우 역시 타격을 위해 무릎을 살짝 굽히며 파이어스가 공을 던지기만을 기다렸다.

그리고 파이어스가 투구 동작에 들어가는 순간, 민우의 두 눈이 크게 떠졌다.

'어?'

슈우욱!

팡!

"볼!"

초구는 아래로 크게 빠지는 커브볼이었다.

특유의 역동적인 투구 폼에서 꽂아 넣는 것에는 변함이 없었다.

하지만 '투기 발산' 스킬을 사용했을 때와는 확연히 다른 공을 보여주는 파이어스의 모습에 민우가 어색함을 느낀 것이었다.

'와… 위에서 내리꽂으니까 커브도 구분이 잘 안 되네. 숨김 동작이 좋아서 그런가? 확실히 타석에서 보니 낙폭이 차원이 다르네.'

확실히 제 능력치를 회복하니 위력적인 공을 보여주는 파이어스였다.

하지만 이후 2구와 3구가 모두 스트라이크존 바깥쪽에서 놀며 3볼 노 스트라이크 상황이 되자 민우의 얼굴이 묘하게 변해갔다.

'뭐야? 설마……'

민우는 잠시 발을 풀며 헌츠빌의 포수에게로 시선을 돌렸다.

'날 거르고 시작하겠다는 거냐? 동점에 노아웃 상황인데?'

민우는 심히 당황스런 기분을 느끼고 있었다.

헌츠빌의 배터리는 민우를 고의 사구로 내보낼 생각으로 보였다.

단지 홈 팬들의 거친 야유를 듣지 않기 위해 티가 나지 않는 선에서 공을 빼고 있는 것이었다.

지금껏 완벽한 제구를 보이던 파이어스가 공 3개를 연속으로 빠뜨리자, 일부 눈치 빠른 관중들이 파이어스에게 의심의 눈초리를 보내기 시작했다.

"뭐지? 저 녀석, 갑자기 제구가 흔들리는 건가?"

"설마, 여태까지 민우에게 홈런을 맞은 걸 빼고 무안타잖아."

"저거 일부러 저러는 거 아니야? 거슬리는 타자니까 내보내겠다는 것 같은데."

"뭐야! 저런 개 같은 자식을 봤나! 야! 똑바로 안 던져!"

"비겁한 자식!"

홈 팬들의 격한 비난에도 파이어스는 눈 하나 깜빡하지 않으며 로진백을 매만지고 있었다.

'지금은 제구도 잘 되는데, 굳이 걸러야 하는 건가.'

파이어스는 첫 타석에서 불의의 홈런을 맞긴 했지만, 지금 다시 상대하라면 제대로 붙어볼 자신이 있는 상태였다.

하지만 5회까지 1 대 1의 스코어에 변함이 없자, 헌츠빌의 감독이 극단적인 지시를 내린 것이었다.

"5번 타자를 맡은 저 녀석 이외에는 네 공을 칠 만한 녀석이 없다. 무리하지 말고 그냥 걸러라. 저 녀석들에게 4연패를 당하고 우승까지 헌납해서 쓰겠어? 이렇게라도 엿을 먹여야지."

더그아웃에서 자신을 향해 독기 어린 표정으로 지시를 내리던 감독의 얼굴이 떠오르자 파이어스가 가볍게 한숨을 내쉬었다.

'내가 감독은 아니니까. 시키는 대로 하긴 하겠지만.'

슈우욱!

팡!

"볼!"

이윽고, 파이어스가 뿌린 4번째 공도 스트라이크존을 훨씬 벗어나 포수의 미트에 꽂히며 볼넷이 되었다.

—아~ 무슨 일이죠? 파이어스의 제구에 문제가 생긴 걸까요? 연속해서 4개의 볼이 나오면서 강민우 선수가 걸어서 1루에 출루합니다.

—오늘 채터누가의 유일한 안타를 기록하고 있던 강민우 선수인데요. 두 번째 출루를 볼넷으로 기록하게 됩니다만, 의도적으로 공을 뺀 것처럼 보이기도 합니다.

—포수가 완전히 빠져 않지는 않았지만 그럴 가능성이 높아 보이네요. 노아웃 주자 없는 상황에 고의 사구라니. 허허, 이런 작전은 제가 중계를 시작하고 나서 처음 보는 것 같습니다.

—나머지 타자들을 얼마든지 요리할 수 있다는 자신감의 표출일까요? 보내기 번트를 대면 1사 2루가 될 텐데, 도대체 무슨 생각인지 모르겠군요.

결국 민우가 볼넷을 얻으며 1루로 향하자 관중들의 야유는
더욱 커져 갔다.

"우우우!"

"비겁하다!"

"페레즈! 이렇게 무시당할 거냐! 너도 한 방 먹여 버려!"

"페레즈! 페레즈!"

그 모습을 바라보던 헌츠빌의 감독의 입가에는 미소가 피
어 있었다.

평소라면 이런 과감한 작전을 세우지 않았겠지만 시즌 마지
막 경기였고, 이미 우승과는 거리가 먼 상황에 더해 채터누가
에 3연패를 당하는 수모까지 겪으며 헌츠빌의 감독은 독기가
잔뜩 올라 있었다.

'얼마든지 욕해라. 보내기 번트도 문제없어. 그럼 우린 또다
시 거르면 되니까. 1사 1, 2루에서 병살을 노리면 그만이다.
채터누가의 하위 타선은 파이어스의 공을 절대로 외야로 날
려 보낼 수 없을 테니까. 후후후.'

파이어스의 구위는 여전히 위력적이었고, 민우를 제외한 그
누구도 제대로 된 타구를 때려내지 못하고 있었다.

그리고 지금도 파이어스는 그 위력적인 구위를 마음껏 뽐
내고 있었다.

$*$　　　$*$　　　$*$

슈우욱!

팡!

"스트라이크!"

"큭!"

헌츠빌 배터리의 허를 찌르는 하이 패스트볼에 페레즈가 배트를 크게 헛돌리며 휘청거리며 배터 박스를 벗어났다.

초구부터 꼴사나운 모습을 보이며 스트라이크를 헌납한 페레즈가 답답한 표정을 짓고 있었다.

그사이 민우는 전혀 다른 생각을 하고 있었다.

'니들이 날 1루에 묶어두겠다면, 난 발로 3루까지 뛰어가 주마.'

헌츠빌의 배터리가 간과한 것이 있었다면 바로 민우의 빠른 발이었다.

더블A에 올라와서 단 3개의 도루밖에 기록하지 않았지만 그건 뛸 기회가 없어서였을 뿐이었다.

그리고 민우의 이런 생각엔 한 가지 이유가 더 있었다.

'파이어스가 뛰어난 투수일지언정, 포수도 탈 마이너리그 급은 아니라는 말이지.'

헌츠빌의 포수, 불러의 도루 저지율은 2할을 채 넘지 못하고 있었다.

어깨는 튼튼한 편이었지만 송구의 정확도를 다잡지 못하고 있는 것이 그 이유였다.

경기에 임하기 전, 상대 포수의 도루 저지율을 확인한 민우도 이 사실을 잘 알고 있는 상태였다.

투수가 공을 건네받는 모습에 민우는 리드 폭을 아주 조금씩 넓혀가기 시작했다.

11피트(3.3m).

1루 주자의 평균 리드 폭이 8피트(2.4m)인 점을 감안하면 꽤나 큰 리드 폭이었다.

무게중심은 언제든지 1루로 향할 수 있도록 해놓은 채로 파이어스를 주시하던 민우가 돌연 1루를 향해 몸을 날렸다.

툭!

그리고 거의 동시에 등 뒤를 글러브가 때리는 느낌이 들었다.

파이어스의 기습적인 견제였지만 민우는 예상했다는 듯 무표정한 얼굴로 자리에서 일어나 가슴팍에 묻은 흙을 털었다.

그리고 다시 리드 폭을 벌리기 시작했다.

10피트(3m).

처음보다 크게 줄어든 리드 폭에 파이어스는 민우가 뛰지 않으리라는 판단을 내렸다.

'흥, 날 흔들어놓겠다는 의도였나.'

이내 민우에게서 관심을 끊은 파이어스가 세트 포지션을 취하는 순간.

타다다닷!

민우가 기습적으로 스타트를 끊었다.

슈우욱!

팡!

"볼!"

너무나도 빠른 속도에 깜짝 놀란 헌츠빌의 포수가 급히 미트에서 공을 꺼내 2루를 향해 뿌렸다.

하지만 그 의도와는 달리 2루에서 우측으로 1m 이상 벗어난 위치로 날아가고 말았고, 유격수가 급히 팔을 뻗어 공이 뒤로 새는 것을 막는 모습을 보였다.

촤아악!

그사이 민우는 여유 있게 슬라이딩을 하며 2루 베이스를 밟았다.

―2구는 낮게 빠지는 볼이고요. 주자는 스타트를 끊었고 2루까지 들어갔습니다! 강민우 선수의 올 시즌 4번째 도루!

―최선을 다해서 주자를 잡아보려고 했지만 공이 워낙에 많이 빠졌네요.

민우가 잽싸게 2루를 훔치는 모습에 관중들이 다시금 함성을 보내기 시작했다.

"오오오!"

"나이스 도루!"

"3루도 훔쳐 버려!"

"후~"

가볍게 도루에 성공한 민우는 포수를 향해 의도적으로 미소를 지어 보였다.

'네가 날 잡을 수 있을 거라고 생각하냐?'

포수의 눈엔 그런 의미가 담겨 있는 것처럼 느껴졌다.

까득.

잠시 이를 갈던 포수가 휙 돌아서 포수 마스크를 주우며 홈 플레이트 뒤편에 앉으며 자세를 잡았다.

'걸려들었네. 후후.'

민우는 2루에서 멈춰 있을 생각이 없었다.

'목표는 3루. 혹시나 하긴 했지만 저 정도면 대도 스킬을 쓸 필요도 없겠어. 발로 만든 3루타를 보여주지.'

한 번 뛰면서 빠른 발을 보여줘서일까.

뛰고자 하는 자와 막고자 하는 자의 신경전이 시작되었다.

*   *   *

팡!

팡!

촤악!

파이어스의 4연속 견제에 민우의 움직임이 바빠졌다.

마지막은 타이밍을 뺏는 투수의 기습적인 견제에 몸을 날리면서 유니폼 앞섶이 더욱 새카매졌다.

그리고 견제 시도가 더해질수록 관중들의 야유 소리도 점점 커져만 갔다.

"우우우!"

"공은 앞으로 던지라고!"

파이어스는 관중들의 야유는 신경 쓰지 않는다는 듯 계속해서 민우를 향해 시선을 보내고 있었다.

하지만 민우는 여전히 리드 폭을 넓게 가져가는 것을 포기하지 않고 있었다.

툭툭.

베이스에 발을 올린 채 앞섶에 묻은 흙을 털어낸 민우는 베이스에서 점점 멀리 떨어져 가는 유격수와 2루수를 바라봤다.

이어 조금 전보다 조금 멀찍이 떨어져 있는 것을 확인한 민우가 파이어스의 뒤통수를 바라보며 리드 폭을 야금야금 늘려갔다.

그리고 사인 교환을 마친 파이어스의 눈과 민우의 눈이 공중에서 잠시 마주쳤다.

그리고 파이어스가 세트 포지션에 들어가는 순간.

타다다닷!

잽싸게 스타트를 끊은 민우가 3루를 향해 내달리기 시작했
다.

슈우우욱!

팡!

"스트라이크!"

3구는 스트라이크존 아래로 떨어지는 느린 체인지업이었고,
페레즈는 배트를 크게 헛돌리며 다시 한 번 휘청거리는 모습
을 보였다.

미트에 공이 꽂히는 순간, 포수는 이번에야말로 잡아내겠다
는 듯 빠르게 공을 뽑아내며 곧장 3루를 향해 송구를 시도했
다.

슈우욱!

동시에 3루 베이스에 거의 도달한 민우가 공중으로 날아오
르며 슬라이딩을 시도했다.

촤아악!

툭.

그 반동에 헬멧이 벗겨지며 민우의 시야를 가렸지만 발끝
에 3루 베이스가 느껴지며 세이프임을 직감했다.

"민우! 홈으로 뛰어!"

동시에 3루 코치의 다급한 목소리가 귓가를 때려왔다.

그 목소리에 민우는 벗겨진 헬멧을 챙길 새도 없이 곧장 홈

플레이트를 향해 내달리기 시작했다.

쌔에엑!

귓가를 스쳐 지나가는 날카로운 바람 소리와 함께 순식간에 홈 플레이트가 코앞으로 다가왔다.

촤아악!

민우가 그라운드 위를 미끄러지며 베이스를 터치하고 지나갔다.

퐝!

그리고 뒤늦게 날아온 송구가 포수의 미트에 꽂히는 소리가 들려왔다.

판정은 볼 것도 없는 완벽한 득점이었다.

―완벽한 타이밍의 도루 시도였는데요. 포수의 송구 실책이 나오자 강민우 선수가 지체하지 않고 곧장 홈으로 파고들었습니다! 채터누가가 안타 하나 없이 역전에 성공합니다!

―하하. 안타가 나오질 않으니까 발로 만들어 버리는군요! 강민우 선수의 빠른 발에 포수의 악송구가 겹치면서 너무나도 쉽게 점수를 얻어내는 채터누가입니다.

―헌츠빌의 고의 사구 하나가 엄청난 결과를 불러일으키는군요.

'됐어!'

민우가 기쁨에 찬 표정으로 손바닥으로 바닥을 내려쳤다.

"나이스 플레이!"

홈 플레이트 앞에 서 있던 페레즈가 환한 미소를 보이며 민우에게 손을 내밀었다.

착!

민우가 그 손을 잡고 일어나 미소를 짓고는 관중석을 바라봤다.

"와아아!!"

"대박!! 강은 슈퍼 소닉이야!"

"역전이다!!"

관중들은 민우의 연속도루에 이은 예상치 못한 득점이 나오자 미친 듯이 환호성을 내지르고 있었다.

5회 말, 스코어 2 대 1.

민우의 3루 도루에 이은 포수의 송구 실책으로 홈을 훔치며 채터누가가 역전에 성공하는 순간이었다.

후속 타자들이 모두 범타로 물러나며 더 이상의 추가 득점은 없었지만 불펜에서 몸을 풀고 있는 후버를 발견한 팬들은 마음이 놓인다는 듯 편안한 표정을 지어 보이고 있었다.

하지만 역전의 기쁨은 얼마 못 가 깨어지고 말았다.

*　　　*　　　*

따아악!

이닝이 시작되자마자 그라운드에 울려 퍼지는 타격음에 민우는 아쉬운 표정을 지으며 고개를 들었다.

'넘어갔네.'

7회 초, 선두 타자로 나선 5번 '공갈포' 윌슨이 바뀐 투수 후버의 초구 패스트볼을 벼락같이 당겨 치고는 만족스러운 미소를 지은 채 다이아몬드를 돌기 시작했다.

거구에서 뿜어져 나오는 파워를 증명하듯, 끝을 모르고 뻗어나가던 타구는 결국 좌측 담장을 훌쩍 넘어 사라지고 말았다.

마무리 젠슨과 함께 채터누가의 유일한 1점대 방어율 투수인 후버가 불의의 일격을 당하자 관중들은 꿀 먹은 벙어리처럼 멍한 표정을 짓고 있었다.

―윌슨의 시즌 4호 홈런이 아주 중요한 타이밍에 터져 나오는군요. 이 홈런으로 헌츠빌은 승부를 다시 원점으로 돌려놓습니다.

―하하. 정말 예측이 불가능하네요. 과연 이 승부의 끝은 어디일지. 정말 궁금해지는군요.

―테네시 스모키스와 잭슨빌 제네럴스의 경기 소식이 들어왔습니다. 6회 초가 진행되고 있는데요. 채터누가에게는 좋지 않은 소식입니다. 스코어 5 대 3으로 테네시가 잭슨빌을 2점

차로 앞서고 있네요.

─채터누가의 팬들은 정말 조마조마한 마음이겠습니다.

불의의 홈런 이후, 후속 타자를 모두 범타 처리한 후버였지만 그 표정이 밝을 수가 없었다.

7회 말, 여전히 헌츠빌의 마운드는 파이어스가 굳건한 모습으로 지키고 있었고, 채터누가의 타자들은 파이어스의 구위에 기가 눌린 기색이 역력했기 때문이다.

민우 역시 이닝이 거듭될수록 지쳐 가는 타자들의 모습을 눈치채고 있었다.

'초반의 기세가 다 사그라졌네. '분위기 메이커'의 효과도 어쩔 수 없는 건가.'

경기는 이제 막판을 향해 달려가고 있었다.

민우는 더그아웃을 잠식한 침울한 분위기가 더 이어진다면 추가 득점은 힘들다는 생각을 하고 있었다.

'저 활발하던 고든마저 저런 식이면 조금 힘든데. 무언가 분위기를 바꿀 계기가 필요해.'

"스트라이크 아웃!"

그사이 그라운드에는 또 한 번 주심의 걸걸한 목소리가 울려 퍼졌고, 전광판의 아웃 카운트가 0에서 1로 바뀌었다.

7회 말 1아웃.

이제 타석에는 4번 스미스가 들어서고 있었다.

그리고 그 다음은 다시 민우의 차례였다.

민우는 자신의 배트를 뽑아 들고는 천천히 더그아웃의 입구로 향했다.

그리고 그 순간.

띠링!

[돌발 퀘스트 발동—한 방이 필요해!]

—파이어스의 호투에 채터누가의 타자들이 맥을 못 추고 있습니다.

—승리를 위해서는 분위기 반전이 필요합니다.

—파이어스를 흔들 수 있는 강력한 한 방을 만들어내십시오.

—성공 시 영구적으로 파워 +1, 정확 +1 상승. 200포인트 지급.

—실패 시 일주일 간 파워 −3, 정확 −3. 경기 종료 후 3일 간 근육통 발생.

—본 퀘스트는 발생 횟수에 제한이 없습니다.

우뚝.

눈앞에 떠오르는 퀘스트 알림에 민우는 순간 온몸에 소름이 돋는 듯한 느낌에 표정이 굳어버렸다.

'어휴, 이거 발가벗겨진 기분인데?'

그리고 순간, 민우의 뇌리에 하나의 스토리가 떠올랐다.

'그거… 한번 해볼까?'

더그아웃을 빠져나가던 민우가 입구에서 돌연 멈춰서더니 뒤로 돌아서는 모습에 선수들의 시선이 민우에게로 쏠렸다.

그 모습에 민우가 입꼬리를 말아 올리며 선수들을 향해 호기롭게 외쳤다.

"이번 타석은 홈런치고 돌아온다! 내가 더그아웃으로 돌아올 때, 파이어스도 마운드를 내려오게 될 거다. 그러니 다들 허리 펴고, 두 눈 크게 뜨고 지켜보고 있으라고!"

너무나도 갑작스런 민우의 선언에 선수들은 머리가 굳은 것마냥 잠시 멍한 표정으로 민우를 바라봤다.

그러고는 곧 그 의미를 깨닫고는 눈이 동그랗게 떠졌다.

'뭐야… 예고 홈런……?'

갑작스러운 예고 홈런 선언이었다.

민우의 한마디에 분위기가 요상하게 변해갔다.

하지만 그 누구도 비웃음을 날리거나 가볍게 생각하지 않았다.

그들의 뇌리에 민우가 합류한 이후 보였던 행적이 순식간에 스쳐 지나갔다.

7경기 7홈런의 주인공.

'아무나 할 수 있는 일이 아니지.'

더블A의 신형 폭격기.

'둘에 하나는 무조건 때려줬으니까.'

그 주인공인 민우라면 이번 타석에서도 왠지 모르게 무언가 한 번 더 일을 낼 것 같은 느낌이 들었다.

'저 말이 허투루 들리지가 않아. 저 녀석은 한 방이 있는 녀석이니까. 오늘도 저 녀석이 다 해냈잖아.'

분명 연차로는 제일 막내였지만, 선수들은 저도 모르게 어느새 민우를 향한 신뢰가 쌓여 있었다.

'파이어스도 저 녀석에겐 못 버틸 거야.'

아주 잠깐의 정적 뒤, 선수들은 민우를 향해 신뢰 반, 장난 반이 섞인 말들을 한 마디씩 뱉었다.

"그래, 가서 한 방 날려 버려!"

"건방진 녀석. 네가 하면 나도 한다!"

"삼진이라도 당하면 더그아웃에 돌아올 생각하지 마라!"

멀찍이 떨어져 있던 코칭스태프도 그런 민우를 요상한 눈빛으로 바라보고 있었다.

'이 절박한 상황에서 루키 선수가 예고 홈런이라니… 평소라면 건방지다고 호통을 쳐야겠지만 저 녀석이라면… 정말 때려낼지도 모른다는 생각이 든다. 허허허……'

만약 예고 홈런이 정말 실현된다면 더그아웃의 분위기는 한 방에 살아날 수 있겠지만, 실패한다면 분위기는 더욱 가라앉게 될 것이 분명했다.

하지만 수베로 감독을 포함해 코칭스태프 중 누구도 민우를 나무라는 이가 없었다.

곧 민우가 몸을 돌려 대기 타석으로 나섰다.

그리고 선수들의 시선이 느껴지지 않자, 곧장 몸에 뭐라도 난 것 마냥 거칠게 양팔을 비벼댔다.

'으으으. 유치하긴 하지만, 경험상 역시 분위기 바꾸는 건 이게 제일이네.'

잠시 몸을 부르르 떨던 민우의 얼굴에는 어느새 진지한 표정이 들어차 있었다.

'어쨌든 저질렀으니까, 책임을 져야겠지?'

민우는 자신의 능력으로 할 수 있는 모든 것을 해낼 생각이었다.

'투기 발산은 이미 사용했고, 분위기 메이커도 적용 중이고… 남은 건 대도뿐인가.'

민우의 뇌리에 잠시 마법의 드링크가 떠올랐지만 이내 고개를 저었다.

'부작용도 부작용이지만, 먹을 거면 진즉에 먹었어야지. 여기서 먹었다간 온갖 오해를 사기 딱 좋지.'

수많은 관중이 타석에 들어선 스미스를 바라보고 있었지만 더그아웃에 가까운 이들은 민우를 향해 관심이 가득한 눈길을 보내고 있었다.

빡!

순간, 무언가 강하게 부딪히는 듯한 소리와 함께 관중들이 야유를 쏟아내기 시작했다.

"야, 이 개자식아!"

"누굴 맞추는 거야!"

"뒤지고 싶어!"

빠르게 고개를 돌려보니 타석에 있던 스미스가 헬멧이 벗겨진 채 휘청거리는 모습이 보였다.

─오우! 파이어스의 공이 스미스의 머리에 맞았습니다!

─후우. 다행히도 변화구였어요. 빠른 공은 아니었습니다만 머리에 맞는 아주 위험한 공이었습니다.

─예. 하지만 아무리 느린 변화구라도 헬멧에 정통으로 맞았거든요. 다행히도 스미스가 괜찮다는 듯 손을 들어 보입니다.

'괜찮은 건가?'

순식간에 벌어진 일에 수베로 감독과 코칭스태프가 그라운드로 달려 나와 스미스의 상태를 확인했다.

스미스는 곧장 의료진이 시키는 몇 가지 동작을 해보이며 문제가 없는 것을 확인하고 나서야 1루로 나가는 모습이었다.

'휴, 이상은 없나 보네. 다행이다.'

그 모습에 안도의 한숨을 내쉰 민우가 천천히 배터 박스로 걸음을 옮겨갔다.

파이어스의 투구 수는 이제 거의 90개에 육박해 있었다.

'아마 이게 파이어스와의 마지막 대결이 되겠지.'

민우는 천천히 배터 박스에 자리를 잡고 파이어스를 바라보며 배트를 가볍게 두어 번 휘둘렀다.

지금껏 파이어스가 타자들을 상대로 범타를 이끌어낸 공은 그 결정구를 딱히 무어라 단정 지을 수 없었다.

패스트볼, 체인지업, 커브를 자유자재로 꽂아 넣었기에 투구 규칙 같은 것은 쉬이 추측이 되지 않았다.

'애매하게 낮은 공은 무조건 버린다. 느린 공 다음에 던지는 하이 패스트볼도 조심해야 하고.'

민우가 준비를 마치고 타격 자세를 취하자 헌츠빌의 배터리도 빠르게 사인을 교환하기 시작했다.

이내 고개를 끄덕거린 파이어스가 1루를 힐긋 바라보고는 빠르게 공을 뿌렸다.

슈우욱!

팡!

"볼!"

초구는 스트라이크존 아래로 크게 떨어지는 커브볼이었다.

구속은 경기 초반보다 1마일 정도 떨어진 상태였지만 꺾이는 각은 여전히 변함없는 모습이었다.

슈우욱!

팡!

"스트라이크!"

2구는 스트라이크존에서 살짝 빠지는 듯한 하이 패스트볼이었는데, 주심의 손이 올라가며 스트라이크를 잡아주었다.

'떠오르는 것처럼 보이지만 실제론 떠오르지 않는 공이랬지. 조금 더 집중하자.'

1볼 1스트라이크 상황.

포수의 사인을 받은 파이어스가 가볍게 고개를 끄덕이며 가슴팍으로 글러브를 끌어 올리고는 숨을 크게 내쉬었다.

그러고는 특유의 역동적인 투구 폼으로 힘차게 공을 뿌렸다.

슈우우욱!

파이어스의 손을 떠난 공이 크게 떠오르는 것을 본 민우의 눈이 번뜩였다.

'커브!'

민우는 날아오는 공을 바라보며 그 궤적이 스트라이크존을 통과하리라는 확신과 함께 스트라이드를 내디디며 허리를 강하게 회전시켰다.

그리고 그 회전을 따라 배트가 돌아 나오는 순간.

'어?'

민우는 예상보다 훨씬 더 큰 낙폭을 보이는 커브볼에 본능적으로 무릎을 살짝 굽히며 타점을 아래로 내리려 노력했다.

따악!

'크윽.'

배트에 공이 부딪치는 순간, 손을 타고 올라오는 거친 울림에 민우의 인상이 절로 찌푸려졌다.

그런데 순간, 타구를 바라보며 1루를 향해 내달리던 민우의 눈이 동그랗게 떠졌다.

'무회전!'

낮은 라인드라이브의 궤적을 그리며 중견수 방향으로 날아가는 타구는 회전을 하지 않은 채, 그 실밥을 고스란히 보이고 있었다.

'논 스핀 히트' 특성의 효과가 발휘된 것이었다.

타다닷!

그 사실을 모르는 헌츠빌의 중견수는 민우의 타구를 노 바운드로 잡기 위해 낙구 지점을 향해 달려 내려오고 있었다.

'이 정도쯤이야.'

─쳤습니다! 낮은 궤적을 그리며 센터 방면으로 뻗어가는 타구! 중견수가 달려 내려옵니다.

2아웃 상황이 아니었기에 1루 주자였던 스미스는 1루와 2루 사이에서 하프 웨이를 하고 있었다.

타다다닷!

"스미스! 달려!"

그때, 1루를 향해 달리던 민우가 스미스를 향해 소리를 지르고는 곧장 대도 스킬을 사용하며 주력을 최대치로 끌어올렸다.

'대도!'

지잉—

민우의 목소리에서 느껴지는 확신에 스미스는 중견수에게서 눈을 뗀 채, 곧장 2루를 향해 내달리기 시작했다.

그리고 어느새, 낙구 위치까지 달려 내려와 몸을 숙이며 노바운드 캐치를 시도하던 중견수의 두 눈이 크게 흔들렸다.

'어어?'

쑤아악!

순식간이었다.

글러브에 들어올 듯 보이던 타구에 회전이 없다는 것을 뒤늦게 알아챘지만, 상하좌우로 요동치는 타구에 반응할 시간이 부족했다.

빈 글러브를 내민 채 쭉 미끄러지는 중견수의 뒤쪽으로 타구가 빠르게 굴러가고 있었다.

—아앗! 뒤쪽으로 빠졌습니다! 중견수가 타구를 뒤쪽으로 흘립니다!

—그사이 1루 주자와 타자 주자가 거침없이 내달립니다!

중견수가 공을 빠뜨리리라고는 생각하지 못한 듯, 뒤늦게야 우익수와 좌익수가 타구를 잡기 위해 펜스를 향해 내달리고 있었다.

그사이 이미 스미스는 3루를 돌아 홈으로 달리고 있었고, 민우도 3루 베이스에 도달해 있었다.

타다다닷!

3루 코치가 한 손을 풍차처럼 힘차게 돌리는 모습을 본 민우는 3루 베이스를 딛고는 홈을 향해 거침없이 내달리기 시작했다.

—2루 돌아서 3루! 3루 돌아서 홈까지!

그리고 뒤늦게 공을 잡은 우익수가 내야를 향해 힘껏 공을 뿌리고 있었다.

하지만 민우의 빠른 발을 잡기엔 역부족이었다.

타다닷!

—걸어서 홈을 밟습니다! 강민우 선수의 인사이드 더 파크 홈런이 터져 나옵니다! 와우~

—중요한 타이밍에 이런 극적인 장면이 연출이 되는군요. 마치 드라마 같은 장면입니다. 순식간에 2점을 쓸어 담으며 4 대 2로 다시 한 번 앞서 나가는 채터누가입니다.

—중견수가 다이빙 캐치를 시도한 게 뒤로 빠지고 말았고
요. 백업을 와줬어야 하는 외야수들이 한 명도 보이지 않았다
는 게 정말 아쉬운 부분이네요. 헌츠빌로서는 뼈아픈 실책이
라고 할 수 있겠습니다.

홈 플레이트를 선 채로 밟은 민우가 양 주먹을 앞으로 들어
보이며 거칠게 포효를 내질렀다.

"예에에에!"

2타점짜리 인사이드 더 파크 홈런을 만들어낸 민우가 포효
하는 모습에 관중들이 경기장이 무너질 듯이 펄쩍거리며 환
호성을 내질렀다.

"꺄아아아!"

"와아아아아!!"

"미쳤어! 이건 미친 거야!"

"인사이드 더 파크 홈런이라니!"

민우는 그런 관중들을 향해 가슴을 거칠게 두드리며 자신
의 존재감을 떨치고 있었다.

띠링!

[돌발 퀘스트—한 방이 필요해! 결과.]

—파이어스의 커브를 건드려 인사이드 더 파크 홈런을 만들
어냈습니다.

―누구도 예상치 못한 결과로 분위기를 완전히 가져 왔습니다.

　―퀘스트 성공 보상으로 영구적으로 파워 +1, 정확 +1이 상승합니다. 200포인트가 지급됩니다.

　―우수한 성적(인사이드 더 파크 홈런)으로 성공하였기에 추가적으로 정확+1, 주력+1이 상승합니다. 추가적으로 100포인트가 지급됩니다.

　'이것도 홈런은 홈런이니까. 성공은 성공인거지. 으하핫!'

　생각지도 못한 인사이드 더 파크 홈런을 만들어내면서 예고 홈런에 성공한 민우가 만족스러운 표정을 지어 보였다.

　민우에게 인사이드 더 파크 홈런으로 2점을 더 내어준 파이어스는 결국 경기를 마무리하지 못한 채 마운드를 내려갔다.

　분위기를 완전히 내어준 헌츠빌은 결국 9회 초 마지막 공격까지 분위기를 뒤집지 못했다.

　결국 경기는 4 대 2, 채터누가의 승리로 마무리되었고, 채터누가는 헌츠빌 4연전을 스윕으로 기분 좋게 마무리를 할 수 있었다.

　민우는 이날 경기에서 단 세 타석에 들어섰지만 3타석 2타수 2안타(홈런2) 3타점 3득점이라는 화려한 기록을 달성하며 시즌 타율을 0.592로 소폭 끌어올렸다.

경기가 끝나고 헌츠빌의 선수들이 경기장을 빠져나가며 환호성이 잦아들었다.

하지만 관중들과 채터누가의 선수들은 경기장에 남아 전광판에 보이는 중계 화면을 두 손을 모은 채 한마음으로 바라보고 있었다.

전광판에는 테네시 스모키스와 잭슨빌 제네럴스의 경기 중계가 출력되고 있었다.

경기 스코어는 5 대 5.

9회 말 2아웃, 주자 3루 상황이었다.

심호흡을 한 테네시의 투수가 빠르게 공을 뿌렸다.

그리고 낮게 떨어지는 브레이킹 볼이 홈 플레이트에 맞고 튕겨 오르며 포수의 뒤쪽으로 빠져나가는 모습이 보였다.

─제5구! 아아! 공을 놓칩니다! 3루 주자가 홈을 노립니다! 홈으로! 홈에서!

화면에 보이는 주심의 양팔이 벌어지는 순간.

"예에에에에에!!"

"우승이다!!!"

"우리의 승리다!!"

관중들의 환호성과 함께 채터누가의 선수들이 일제히 그라운드로 쏟아져 나오며 환호성을 내질렀다.

포수 실책으로 역전을 허용하며 테네시 스모키스는 패배를 기록하게 되었고, 자동으로 1승을 앞서게 된 채터누가에게 전반기 승리의 영광이 돌아오게 되었다.

띠링!

[히든 퀘스트─플레이오프 진출권(더블A) 결과]

─전반기 우승으로 팀의 플레이오프 진출이 확정됐습니다.

─팀이 플레이오프에 진출이 걸린 마지막 경기에서 홀로 고군분투하며 엄청난 활약을 보였습니다.

─1,000포인트가 지급됩니다.

─연속 성공 보상으로 추가적으로 500포인트가 지급됩니다.

─본 퀘스트는 발생 횟수에 제한이 없습니다.

조심스레 추측하고 있던 히든 퀘스트의 보상 알림이 떠오르자 민우의 입가에 더욱 짙은 미소가 피어올랐다.

"강! 강!"

"강은 우리에게 우승을 전해주러 온 우승 전도사다!"

"오오!"

선수들은 오늘 경기 승리의 1등 공신인 민우를 치켜세우더니 민우를 가운데에 세우고 한쪽 무릎을 꿇는 세레머니를 보여주는 유쾌한 모습을 보였다.

민우 역시 그 모습에 양손을 들어 올리며 그 장단에 맞춰

주었고, 끝까지 남아 있던 팬들에게 큰 웃음을 선사했다.

민우는 하이 싱글A에 이은 더블A에서 또 한 번의 우승을
이루어내며 일부에서 불리던 '우승 전도사'라는 별명을 확고하
게 만들었다.

*   *   *

채터누가의 우승이 확정되는 순간, 그 소식이 지역지와 중
소형 스포츠 뉴스, 그리고 마이너리그 홈페이지를 장식하기
시작했다.

〈채터누가 전반기 우승! '슈퍼 소닉' 강민우, 그라운드를 지배
하다.〉
〈채터누가 대역전극의 주인공. '킹 캉', 포효하다!〉
〈KANG, 환상적인 인사이드 더 파크 홈런으로 승부의 쐐기를
박다!〉

여기서 그치지 않고 메이저리그 홈페이지의 '오늘의 마이너
리그 명장면' 코너에 민우의 인사이드 더 파크 홈런이 선정되
어 그의 존재를 야구팬들에게 널리 알리게 되었다.

동영상을 본 야구팬들은 다저스의 팬들을 제외하고는 거의
민우를 모르는 이들이었다.

하지만 동영상을 보고 나서는 그 인상적인 활약에 민우의 기록을 찾아보고 깜짝 놀라기까지 하는 이들도 있었다.

—오, 마이너리거 치고는 꽤 하는데? 발이 꽤 빨라.

—저런 선수가 있었구나. 꽤 인상적인걸.

—궁금해서 찾아보니까 다저스랑 100만 달러에 계약했다는 군. 뛰는 거 보니까 고개가 끄덕여지네.

—하이 싱글A 타율 4할 5푼에 사이클링 히트, 더블A 7경기 5할 9푼에 홈런 8개. 와우! 이 정도면 말 다했네.

—우리 팀은 뭐하고 있는 거야? 저런 애들을 데리고 올 생 각을 해야지. 돈벌레 같은 놈들만 데려오고, 어휴.

—강이라는 선수 덕분에 다저스는 외야 걱정 없겠네.

＊　　　＊　　　＊

"외모에 실력을 겸비하고… 충분히 스타성이 있는 선수다. 이 녀석이라면 한국 시장에 충분히 먹힐 거야."

한 남성이 사무실로 보이는 공간에 홀로 남아 고개를 끄덕 거리고 있었다.

그런 남성의 시선은 책상 위에 놓인 모니터로 향해 있었다.

모니터에 띄워져 있는 것은 메이저리그 홈페이지에 올라온 민우의 인사이드 더 파크 홈런 동영상이었다.

그리고 모니터 앞에는 여러 가지 문서들이 이리저리 펼쳐져 있었는데, 모두 민우와 관련된 기록들이었다.

"다저스와의 100만 달러짜리 스플릿 계약, 거기에 더블A까지 올라가는데 걸린 시간은 단 한 달. 더블A에서는 일주일 만에 경이적인 기록을 보였고."

모니터에서 눈을 뗀 남성이 다시 한 번 민우의 기록이 빼곡히 적혀 있는 문서와 계약 관련 뉴스 기사를 훑어보고는 고개를 끄덕였다.

"분명 이 성장 속도라면 늦어도 1~2년 안에는 메이저리거가 될 거야. 그럼 몸값이 엄청나게 올라가겠지. 그전에 미리 장기 계약으로 잡아두는 게 좋겠어."

결심을 내린 듯한 남성이 워드 프로세서를 열어 상급자에게 올릴 기안서를 빠르게 작성하게 시작했다.

*　　　*　　　*

전반기 우승!

마지막 경기를 승리로 장식하며 전반기 우승을 차지한 채터누가 룩아웃츠가 시즌 종료 후 치러지는 미니 시리즈를 건너뛰고 디비전 파이널의 직행 티켓을 얻어냈다.

하지만 더블A라고 해도 하이 싱글A와 크게 다른 것은 없었다.

TV에서 종종 보았던 거창하게 샴페인을 뿌리며 축하를 하는 모습의 파티는 마이너리그에서 기대할 수 없었다.

그저 선수들끼리 부둥켜안거나 서로 수고했다는 말을 건네고, 올스타 브레이크에는 무엇을 할 거냐는 등의 소소한 이야기가 전부였다.

하지만 식스티 식서스에 있을 때와는 다르게 채터누가의 단장인 모징고는 전반기 우승이 확정되자 직접 라커룸을 찾아왔다.

"전반기 우승을 이룬 여러분에게 정말 고마운 마음입니다. 다시 한 번 축하드리며 이 기세를 몰아서 후반기에도 우리 팀이 서던 리그의 최강 팀임을 입증해 주길 바랍니다."

그 말과 함께 모징고는 선수들에게 개인 당 200달러 상당의 스포츠 용품 쿠폰을 포상금으로 건네주었다.

그렇지 않아도 턱없이 부족한 월급에 아르바이트를 뛰는 경우가 많은 선수들이었기에 모징고의 예상치 못한 포상은 꽤나 큰 위안이 되었다.

선수들의 얼굴에는 우승이 확정되었을 때와 비견될 만큼 환한 웃음꽃이 피어났다.

"예!"

"감사합니다!"

"열심히 하겠습니다!"

"채터누가는 무적의 팀이다!"

"예에에!"

환호하는 선수들의 모습에 모징고 역시 환한 미소를 지으며 선수 한 명, 한 명의 손을 잡으며 어깨를 두드려 주었다.

그리고 민우의 손을 잡은 모징고 단장이 다른 선수들에게 보였던 미소보다 더욱 환한 미소를 보인 채, 민우를 향해 뜨거운 눈빛을 보냈다.

"오늘 자네가 우리 팀을 구했네. 자네는 우리 팀의 보배야. 앞으로도 우리 팀의 센터라인을 잘 지켜주게."

모징고의 눈빛에서 굳건한 믿음이 느껴지자, 민우는 관중들의 응원을 받을 때와는 또 다른 감정을 느끼고 있었다.

이내 민우가 진지한 표정을 보이며 고개를 끄덕였다.

"예, 최선을 다해 후반기에도 멋진 모습을 보여드리겠습니다."

민우의 대답에 환한 미소를 지어 보인 모징고가 그 어깨를 다시 한 번 두드리고는 다른 선수에게로 자리를 옮겼다.

"올~ 겨우 일주일 만에 단장님 눈에 확실히 도장을 찍었네?"

어느새 다가온 건지, 민우의 어깨에 팔을 두르며 내뱉는 고든의 장난스런 모습에 민우가 피식 웃음을 흘렸다.

"부럽냐?"

민우의 장난 섞인 도발에 고든이 우습다는 표정으로 고개를 절레절레 저었다.

"뭐? 부러워? 헝~ 부럽다는 건 여성 팬들에게 격한 사랑을 받는 녀석한테나 쓰는 단어라고!"

그런 고든의 머리통에 누군가의 손이 턱 하고 올라왔다.

탁!

슥슥.

"고든. 너 몰랐구나?"

고든이 머리를 문지르는 손길에 인상을 찌푸리더니, 누구냐는 표정으로 뒤를 돌아봤다.

손의 주인공인 샌즈는 그런 고든을 향해 웃음이 섞인 표정을 짓고 있었다.

"응? 뭘 몰라?"

"강이 우리 채터누가의 여성 팬들에게 가장 인기가 많다는 거."

"뭐라고?"

샌즈의 말에 깜짝 놀란 고든이 고개를 휙 돌려 민우를 바라봤다.

"뭐야? 진짜야?"

민우는 어깨를 으쓱하며 금시초문이라는 표정을 지었다.

'무슨 소리래? 나도 처음 듣는 이야기인데?'

경기에서 호수비를 보이거나 활약을 했을 때, 종종 민우를 향해 소리를 지르거나 사랑한다던가 하는 목소리를 들은 적은 있었지만, 그 자신이 얼마나 팬들의 관심을 받고 있는지 민우는 전혀 모르고 있는 상태였다.

민우의 반응에 고든의 고개가 다시 한 번 샌즈에게로 휙 돌아가며 그 진위를 따지기 시작했다.

"샌즈! 나 놀리려고 뻥치는 거 아니야?"

"무슨 소리야. 너도 내가 채터누가의 팬 커뮤니티에 얼마나 자주 들락거리는지 익히 들어서 알고 있을 텐데? 다 거기서 보고 하는 이야기야."

샌즈의 당당한 태도에도 고든은 믿을 수 없다는 표정이었다.

"거짓말! 증거를 가져와! 증거를!"

"증거? 허허허. 좋아! 아마 오늘은 우리가 우승했다는 걸로 팬 커뮤니티가 아주 난리일거야. 내가 보여주지."

샌즈는 빠른 걸음으로 자신의 라커로 가 노트북을 꺼내고는 빠르게 두드리기 시작했다.

아주 잠깐의 시간이 흐르고, 곧 민우와 고든의 눈앞에 화면을 들이밀어 보인 샌즈가 당당한 표정으로 입을 열었다.

"이래도 내 말을 못 믿겠어?"

그리고 자연스럽게 민우와 고든의 시선이 화면으로 향했다.

화면에는 여성이 작성한 듯 보이는 하나의 글이 떠올라 있었다.

─대박! 대박! 다들 봤어? 강이 인사이드 더 파크 홈런을 치

고 나서 포효하는 거! 꺄아아아! 그 핸섬한 얼굴에 인상을 쓰는 것도 어쩜 그렇게 멋있지? 오늘 완전 반할 뻔했잖아.

—나도! 나도! 진짜 그 순간에는 다른 것도 안 보이고 딱 강만 보이는 거 있지? 너무 멋있어.

—나도 오늘 깜짝 놀랐잖아. 평소엔 뭔가 과묵하고 그런 줄만 알았는데 그런 짐승 같은 면이 있을 줄이야! 알면 알수록 매력적이야!

—난 원래 동양 남자들한텐 눈도 안 돌아갔는데 그동안 내가 얼마나 헛살았는지 깨달았어. 저렇게 남자다운…….

글의 아래쪽에 달린 댓글들을 하나하나 읽어 내려가던 민우와 고든의 표정이 시시각각 변해갔다.

"말도 안 돼! 이 고든 님보다 더 인기가 있다는 게 말이 돼?"

민우의 반응이 채 튀어나오기도 전에 발끈하는 고든의 모습에 샌즈가 황당하다는 표정을 지어 보였다.

"무슨 소리를 하는 거야? 민우가 오기 전에도 네 이미지는 '겁나 빠른 흑형' 정도였는데?"

"뭐라고? 핸섬 가이가 아니고?"

"풉. 그게 뭔 허깨비 같은 소리야. 꿈 깨. 넌 안 돼."

고든의 근거 없는 자신감에 샌즈가 웃음을 참지 못하며 고개를 절레절레 저어 보였다.

"이, 이, 이 나쁜 자식! 이건 음모야!"

"음모는 무슨 음모야. 궁금하면 네가 검색해 보던가."

샌즈는 곧장 고든에게 노트북을 넘겨주었고, 고든은 곧장 팬 커뮤니티의 글들을 검색하기 시작했다.

그 모습을 피식거리며 바라보던 샌즈가 돌연 민우의 어깨에 팔을 두르더니 나지막이 속삭였다.

"민우, 나 아직 솔로인 거 알지?"

"응? 무슨 말이야?"

민우가 영문을 모르겠다는 듯 눈을 동그랗게 뜨며 되물었다.

민우의 물음에 샌즈는 음흉한 미소를 지으며 민우의 가슴을 가볍게 두드렸다.

"훗. 여성 팬들이랑 친해지면 나도 좋은 여자 한 명 소개해 달라 이 말이지. 뭘 모르는 척이야."

"그런 일이… 생길까?"

자신을 좋아하는 여성 팬과의 만남.

민우는 전혀 생각해 보지도 못한 일이었기에 고개를 갸웃거렸다.

샌즈는 그런 민우의 반응에 피식거리며 고개를 절레절레 저었다.

"넌 널 너무 과소평가하고 있어. 조금 지나면 내 말이 무슨 뜻인지 다 알게 될 거야."

샌즈는 그 말을 끝으로 민우의 어깨를 두드리고는 현실에 눈을 뜨고 절규하고 있던 고든의 어깨를 가볍게 두드려 주는 모습이었다.

제5장

잠깐의 외도, 일일 투수

더블A의 올스타 브레이크는 3일로 하이 싱글A보다 1일이 짧았다.

하지만 그 3일이라도 가족 혹은 친지들과 보내기 위해서인지 채터누가의 선수들 대부분이 숙소를 떠난 상태였다.

평소 와자지껄하던 경기장에는 간간이 들려오는 타격음만이 누군가가 경기장에 남아 훈련을 하고 있다는 것을 알려줄뿐이었다.

푸슝!

따악!

푸슝!

따악!

실내 훈련장의 피칭머신 하나를 차지한 민우는 오늘도 여전히 타격 훈련에 열중이었다.

푸슝!

"흡!"

따악!

실내 훈련장에는 민우의 기합 소리와 피칭머신이 공을 내뿜는 소리, 그리고 배트의 스위트 스폿과 공이 맞부딪치며 내뿜는 정갈한 타격음만이 규칙적으로 울려 퍼지고 있었다.

민우가 한창 타격 훈련에 열중이던 와중.

짝짝짝!

'응?'

누군가의 박수 소리가 기계처럼 이어지던 일련의 행위 사이를 비집고 들어왔다.

피칭머신의 동작을 잠시 정지시킨 민우가 뒤를 돌아보니 덥수룩한 수염이 잘 어울리는 투수, 리치가 실내 훈련장의 입구에 기대어 있었다.

리치는 좌완 오버핸드 투수로 채터누가의 5선발과 구원투수를 오가는 역할을 맡고 있었는데, 선한 인상이 타자를 상대하는 데에 도움이 되지 않는다고 판단하면서 강한 인상을 위해 수염을 길렀다고 이야기한 적이 있었다.

민우가 자신을 바라보자 리치는 기다렸다는 듯 환한 미소를 보이며 하얀 치아를 가지런히 드러내며 그곳이 입이라는 것을 알려주고 있었다.

"리치?"

"멋진 타격이야. 역시 좋은 성적의 비결은 꾸준한 훈련이라는 건가?"

리치의 칭찬에 가볍게 웃어 보인 민우가 수건을 들어 땀을 훔쳤다.

"어쩐 일이야. 타격 훈련하러 온 거야?"

민우의 물음에 리치가 묘한 웃음을 보이며 고개를 끄덕였다.

"타격 훈련도 하고, 투구 훈련도 할 생각인데, 민우. 네가 좀 도와주겠어?"

"내가? 아~ 피칭머신 작동 방법을 모르는 거야? 그런 거라면 얼마든지 알려줄 수 있어. 이쪽으로 와봐."

민우가 바로 옆 배팅 케이지로 앞장서려 하자 리치가 고개를 저으며 민우를 가리켰다.

"아니. 내가 필요한 건 민우, 바로 너야."

리치가 자신을 가리키는 모습에 민우가 영문을 모르겠다는 표정을 지었다.

"무슨 소리야? 내가 필요하다니?"

"배팅볼 좀 던져줄 수 있을까?"

"배팅볼?"

리치의 요구에 민우가 놀란 표정을 짓자 리치가 어색하게 웃어 보였다.

"응. 배팅볼. 기계도 좋지만 모션이 안보이니까 영 아니랄까. 훈련 효과가 너무 안 좋아서 말이야."

"아… 그건 그렇긴 하지."

민우는 리치의 말에 동의한다는 듯 가볍게 고개를 끄덕였다.

사실 민우도 피칭머신과 사람의 공은 다르다는 것을 진즉에 깨닫고 있었다.

피칭머신이 쏘아내는 공은 구속은 사람이 던지는 것과 비슷하고, 사람처럼 체력에 한계가 있는 것이 아니었기에 빠른 공을 정확히 맞추는 연습을 하는 데에는 유용한 점이 있었다.

하지만 공의 무브먼트는 실제 투수가 뿌리는 공과는 비교할 수가 없었기에 흔히들 죽은 공이라고 표현하기도 했다.

그리고 가장 중요한 것은 기계에서 뿌리는 공이기에 투수의 투구 모션 자체가 없다는 점이었다. 그 때문에 배팅 타이밍을 맞추는 훈련을 하기에는 실제 사람이 던져주는 공만 한 것이 없다고 할 수 있었다.

하지만 민우는 곧 미안한 표정을 지으며 리치에게 에둘러 거절의 말을 건넸다.

"그래도 역시 피칭머신을 상대하는 게 낫지 않겠어? 난 변화구를 던질 줄 모르거든."

민우의 말에 리치가 의외라는 표정을 지어 보였다.

"그래? 의외네. 보통 학창 시절에 변화구 하나쯤은 배우잖아."

"하하. 뭐, 그럴 만한 사정이 있었어."

"흠… 그럼 이건 어때? 내가 오늘 일일 코치를 해줄게. 보통 가장 먼저 배우는 변화구가 커브거든? 내가 커브를 가르쳐 줄게. 어때? 끌리지 않아? 배워서 막 던져보고 싶지 않아?"

리치는 어떻게든 민우를 투수로 세우고 싶다는 듯, 민우를 향해 어울리지 않는 초롱초롱한 눈빛을 보내고 있었다.

그 모습에 민우가 어색한 미소를 지어 보였다.

민우는 잠시 자신이 커브볼을 구사하여 타자에게 헛스윙을 이끌어내는 모습을 상상해 보았다.

'끌리긴 끌리지. 막 능력을 얻었을 때만 해도 투타 겸업도 생각했었으니까. 투수 능력치가 없는 것도 아니기도 하니까.'

메이저리그에서도 가끔 크게 지고 있는 경기에서 어깨가 좋은 외야수가 이닝 이터의 역할을 하는 경우가 왕왕 있었다.

하지만 그런 이벤트성 등판은 꽤나 드문 일이었고, 만약 그런 상황이 생기더라도 감독이 자신을 투수로 등판시킬까 하는 생각이 들었다.

'뭐, 가능성이 아예 없는 건 아니겠지만, 지금은 내가 그걸 배워도 던질 일이 없을 것 같은데 말이지……. 역시 거절하는 게 좋겠지.'

그렇게 민우가 그 제안을 다시 거절하려는 순간.

띠링!
[돌발 퀘스트 발동—변화구 하나쯤은 괜찮잖아!]
—리치의 타격 연습을 위해서는 변화구가 필요합니다.
—커브볼은 가장 기본적인 구종입니다.
—퀘스트를 위해 장착 구종에 일시적으로 '커브'가 추가됩니다.
—몸에 가장 알맞은 투구 폼을 찾아내십시오.
—리치의 훈련 만족도에 따라 퀘스트의 성공 여부가 결정됩니다.
—성공 시 영구적으로 구속+2, 제구 +2, 새로운 구종 '커브' 영구 습득, 체력과 컨디션 최상으로 회복. 500포인트 지급.
—실패 시 일주일 간 체력 −50. 컨디션 '중' 이하로 유지.
—본 퀘스트는 발생 횟수에 제한이 없습니다.

띠링!
[장착 구종에 '커브'가 추가되었습니다.]

눈앞에 떠오른 퀘스트 알림에 민우가 잠시 멍한 표정을 지어 보였다.
'투수… 퀘스트?'
머릿속에는 자연스럽게 커브 그립을 쥐는 방법과 커브를 던

지는 방법 등이 원래부터 알고 있었던 것처럼 떠오르기 시작
했다.

변화구를 하나도 던질 줄 모르는 민우에게 리치의 제안으
로 인해 발동된 퀘스트로 임시로 '커브'에 대한 숙련도가 생겨
난 것이다.

만약 퀘스트를 성공한다면 포인트와 능력치를 얻는 것에
더해 장착 구종에 커브를 추가할 수 있는 기회이기도 했다.

하지만 민우의 표정은 그리 밝지만은 않았다.

'그래. 뭐, 주는 건 좋다 이거야. 타자 퀘스트라면 어떻게든
해낼 자신이 있지만 투수 퀘스트는……'

민우의 뇌리에 한동안 민우를 괴롭게 만들었던 배팅볼 퀘
스트가 떠오르자 쓸쓸한 미소가 절로 피어올랐다.

'거기다가 이건 실패하면 일주일 동안 심각하게 고생을 한
다는 거잖아.'

이번 퀘스트는 평소에 발동됐던 퀘스트와는 실패 패널티의
정도가 달랐다.

민우의 불편한 표정을 발견한 리치가 아쉽다는 표정으로
민우에게 말을 건넸다.

"민우. 억지로 강요하는 건 절대 아니니까 무리하지 않아도
돼."

그 모습에 민우가 피식 웃고 말았다.

'저. 이미 퀘스트가 떠서 포기할 수도 없는 상황이 됐거든

요……. 기왕 이렇게 된 거, 퀘스트 성공을 위해서라도 열심히 해볼 수밖에…….'

"아니야. 한번 해보자. 어디 어떻게 던지는 건지 상세하게 가르쳐 줘봐."

민우가 자신의 제안을 수락하자 환한 미소를 보인 리치가 빠르게 고개를 끄덕이고는 야구공을 하나 들었다.

"자, 손은 이렇게 벌리고 중지가 실밥을 감싼다는 느낌으로 이렇게. 잡으면 돼. 한 번 쥐어봐."

리치는 익숙한 동작으로 커브의 그립을 잡아 보이고는 민우에게 야구공을 내밀었다.

그리고 민우가 곧장 그립을 잡아내는 모습에 만족스럽게 고개를 끄덕였다.

"오케이. 그럼 어떤 식으로 중심 이동이 이루어지고 팔을 이용하는지 내가 던지는 걸 한 번 봐봐."

그 말과 함께 실내에 마련된 마운드에 오른 리치가 천천히 공을 뿌리기 시작했다.

그리고 민우는 그 모습을 하나도 빠짐없이 눈에 담고 있었다.

'류한진의 투구 폼이랑 비슷한 느낌인데. 투구 동작이 꽤나 부드럽다. 낙폭도 나쁘지 않은 것 같고.'

민우는 그 모습을 보며 과거 배팅볼 퀘스트에서 다양한 투수의 투구 폼을 흉내 냈던 것을 기억했다.

'다양한 투수들의 투구 폼을 경험하면서 투구 메커니즘을 몸에 익힐 수 있었지.'

10개 정도의 공을 던진 리치가 민우에게 가볍게 손짓을 보였다.

"아마 처음이라 많이 어색할거야. 던지는 거 보고 내가 고쳐야 되는 부분을 알려줄게."

"알겠어."

투구판에 서며 커브를 던지려는 생각을 하자 자연스럽게 커브볼의 구질을 잡은 손이 머릿속에 홀로그램처럼 떠올랐다.

구질을 보며 천천히 따라 쥐자 가상의 투수가 나타나며 몸이 자연스럽게 반응을 유도했다.

'어어?'

민우는 자신도 모르게 움직이는 몸을 따라 투구 폼을 잡은 뒤, 가볍게 공을 뿌렸다.

슈우욱!

민우의 손을 떠난 공이 살짝 떠오른 뒤, 엄청난 낙폭을 보이며 뚝 떨어져 내렸다.

'헉!'

민우는 입을 벌린 채로 자신이 뿌린 것이 아닌 것처럼 아름다운 궤적을 그리는 커브볼을 멍하니 바라보고 있었다.

툭!

홈 플레이트 뒤쪽으로 공이 바운드된 뒤 철망에 부딪힌 공이 멈춰 선 뒤에도 민우는 멍한 표정을 짓고 있었다.

흔히들 메이저리그에서 마구라고 불리는 구종 중 하나가 바로 배리 지토의 커브볼이었다. 그의 커브가 유명해진 것은 가볍게 떠오른 뒤 엄청난 낙폭을 보이며 떨어지는 궤적을 보이기 때문이다. 일명 '폭포수 커브'라고 불리며 타자들을 속수무책으로 돌려세운 그의 커브는 모든 커브볼의 정점에 서 있다고 해도 과언이 아니었다.

민우는 자신이 던진 커브볼이 바로 그 '폭포수 커브'와 동일한 궤적을 보였다고 생각했다.

바로 어제 상대했던 파이어스의 커브는 조금 전의 공에는 비교조차 할 수 없다고 생각했다.

'대박… 이다.'

옆에서 그 모습을 지켜보던 리치도 두 눈을 크게 뜨고서는 입을 벌린 채 아무 말도 하지 못하고 있었다.

뒤늦게 정신을 차린 리치가 당혹스러운 표정으로 민우를 바라봤다.

"어… 어떻게 된 거야? 변화구는 배운 적이 없다고 했잖아? 그런데 조금 전의 커브는… 완벽했다고! 너… 완전 천재 아니야?"

민우는 리치의 흥분한 모습에 천천히 고개를 저었다.

"정말 처음이야. 다시 한 번 던져 볼게."

민우가 아직 놀라움이 가시지 않은 표정으로 말을 꺼내자 리치가 어서 던져 보라는 듯 빠르게 고개를 끄덕였다.

잠시 머리를 흔들며 정신을 차린 민우는 빠르게 야구공을 하나 더 집어 들고는 정신을 집중했다.

이번에도 똑같이 가상의 투수가 공을 던져 보였지만 민우의 몸은 가만히 있었다.

'다시 경험할 수는 없는 건가……'

민우는 조금 전, 커브볼을 던지며 느꼈던 희열을 다시 한 번 느껴보고 싶었다.

하지만 공을 쥐고 눈앞에 투수가 보임에도 움직이지 않는 몸에 아쉬움을 느낄 수밖에 없었다.

'직접 훈련하라는 거겠지.'

결심을 내린 민우는 공을 더듬으며 천천히 커브볼의 그립을 쥐었다.

그리고 글러브를 가슴에 올린 뒤, 조금 전의 기억을 되새기며 최대한 그에 가까운 동작으로 커브볼을 던져 보았다.

슈우욱!

민우의 손을 떠난 공은 가볍게 떠오른 뒤, 조금씩 아래로 떨어지기 시작했다.

그와 동시에 공을 쫓던 민우의 표정이 급격히 어두워지기 시작했다.

'완벽한 똥… 볼이다……'

민우가 던진 커브는 밋밋한 각도로 떨어져 내리며 홈 플레이트 위를 지나 두어 걸음 더 뒤쪽에 바운드가 되어버렸다.

웬만한 커브볼과도 비교하기가 민망할 정도였다.

처음 던졌던 완벽한 커브의 여운이 남아 있었지만, 다시 그런 공을 던질 수 있을까 심각한 의문이 들었다.

리치는 조금 전과는 전혀 다른 민우의 커브에 답답하다는 표정을 지어 보였다.

"민우! 조금 전의 그 바보 같은 공은 뭐야? 처음처럼 던지라고! 처음처럼!"

'나도 마음만은 그렇게 던지고 있거든?'

정작 답답한 것은 바로 민우였지만, 민우는 불평을 하지 않고 묵묵히 공을 던지기 시작했다.

처음의 그 감각을 되새기며 계속해서 공을 던졌지만 처음의 그 궤적을 다시 볼 수는 없었다.

"민우, 이 정도면 된 것 같아. 아, 혹시 오해할까 봐 그러는데 쓸 만하다는 건 아니고, 내 타율이 1할이니까 이 정도면 일일 투수 역할은 해낼 것 같다는 뜻이야."

불필요한 부가 설명이 길게 붙은 리치의 평가에 민우가 고개를 절레절레 저었다.

'그렇게까지 말하지 않아도 나도 알 수 있다고.'

"알았으니까 빨리 타석에 들어가."

민우의 대답에 리치가 기다렸다는 듯 헬멧을 쓰고는 배트를 챙겨 들고 타석으로 향했다.

민우는 마운드 앞에 안전 펜스를 끌고 오며 잠시 생각에 잠겼다.

'한 시간도 안 돼서 그런 멋진 커브를 구사하길 원하는 것 자체가 어불성설이겠지. 욕심은 버리고 퀘스트에 집중해야지.'

툭툭!

스트라이드를 내딛는 부분의 흙을 발로 두드리며 잘 다진 민우가 글러브를 가슴팍으로 끌어 올린 뒤, 손으로 공을 이리저리 굴리며 커브볼의 그립을 잡았다.

그리고는 타석에 서 있는 리치를 바라보며 가볍게 외쳤다.

"시작한다!"

"얼마든지!"

리치의 대답을 들은 민우가 천천히 킥킹 동작에 이어 스트라이드를 내디디며 힘차게 공을 뿌렸다.

슈우욱!

민우의 손을 떠난 공이 크게 떠오른 뒤, 밋밋한 각도로 떨어지며 홈 플레이트를 향해 날아가기 시작했다.

동시에 타석에서 민우가 공을 뿌리는 것을 바라보던 리치가 가볍게 스트라이드를 내디디며 배트를 내돌렸다.

딱!

툭! 철썩!

배트의 스위트 스폿을 한참 벗어난 머리 부분을 맞고 크게 바운드된 타구가 마운드 뒤쪽의 그물로 날아간 뒤에야 멈춰

섰다.

공을 던지고 망했다는 표정을 짓고 있던 민우는 그 모습에 피식 웃음을 보이고 말았다.

"풉, 내 공만큼 네 타격도 만만치 않구나."

그 모습에 발끈한 리치가 배트를 다잡고는 민우를 향해 눈을 부릅떴다.

"허. 지금 비웃은 거야? 좋아! 이제 안 봐준다! 다시 덤벼!"

민우는 그 모습에 입꼬리를 더욱 말아 올리며 고개를 끄덕였다.

'퀘스트, 실패하지는 않겠네.'

"간다!"

외마디 외침을 날린 민우가 다시금 공을 뿌리기 시작했다.

슈우욱!

틱!

슈우욱!

따악!

능력치의 영향 때문일까.

몇 개의 공을 더 던지면서 조금씩 그럴싸한 커브볼을 구사하기 시작한 민우였다.

하지만 리치는 겨우 1할 타자임에도 민우의 공에 지지 않겠다는 듯 쉬이 헛스윙을 하지 않고 있었고, 종종 그럴싸한 타구를 만들어내고 있었다.

슈욱!

따악!

또 하나의 타구를 라인드라이브로 날려 보낸 리치가 배트를 어깨에 걸치며 건들거리기 시작했다.

"민우, 그 정도밖에 안 되는 거야? 최선을 다해서 날 아웃시켜 보라고! 난 1할 타자야!"

계속해서 엉성한 커브를 던지는 민우의 모습이 그다지 만족스럽지 못한지 리치가 가볍게 도발의 말을 던졌다.

그러자 민우의 뇌리에 돌연 퀘스트의 내용이 다시 떠올랐다.

'리치의 훈련 만족도에 따라 퀘스트 성공 여부가 가려진댔지. 그럼 지금은 위험하단 소리잖아.'

숨이 살짝 차오르는 느낌에 민우는 잠시 휴식을 요청했다.

"리치, 1분만 쉬자."

"뭐야? 벌써 지친거야?"

"뭔 소리야. 땀만 닦고 다시 할 거야."

리치의 장난스러운 도발을 가볍게 무시한 민우는 우측 상단에 표시된 체력 표시를 확인했다.

―체력(121/179)

'잠깐이었는데도 체력이 꽤 소모됐어. 분명 내 기억으론 구

종의 능력치에 따라 소모되는 체력에 차이가 있었는데.'

체력의 소모 속도로 볼 때 무작정 던지다가는 순식간에 체력 고갈로 무기력감이 찾아올 것만 같았다.

'퀘스트 성공을 위해선 정확하게 해야 해. 지금 내 투수 능력치와 구종 능력치가 몇인지부터 확인하자.'

[강민우, 23세]

─구속[R, 70(+2, 35%)/100], 제구[R, 63(+2, 31%)/100], 멘탈[R, 65(+2, 34%)/100], 회복[R, 68(+2, 53%)/100].

─종합 [R, 266(+8)/400]

가장 먼저 능력치를 확인한 민우의 눈이 놀라움에 크게 떠졌다.

'투수 훈련은 거의 하지 않았는데, 능력치가 올랐어?'

마지막으로 투수 능력치를 확인한 것은 한국에 있었을 때였고, 그 당시만 하더라도 꽤나 낮은 투수 능력치를 보이고 있었다.

그런데 다시 확인한 투수 능력치는 모든 부분에서 가파르게 상승한 수치를 보이고 있었다.

잠시 의문에 찬 표정으로 이것저것을 생각해 보던 민우가 이내 무언가 알겠다는 표정으로 고개를 끄덕거렸다.

'분명 능력치 상승 조건에는 다양한 웨이트 트레이닝과 투구 경험, 그리고 특수한 경험이라는 조건이 달려 있었지. 다른 건 다 이해가 되는데… 특수한 경험에 송구도 포함되는 걸까?'

민우는 지금껏 훈련과 경기를 포함해 수없이 송구를 하면서 어깨가 단련되었고, 꽤나 정확하고 빠른 송구를 보여주고 있었다.

그리고 그 결과 꽤나 많은 숫자의 보살을 기록하고 있기도 했다.

투수와 타자가 쓰는 근육이 완전히 다른 것은 아닌 만큼, 충분히 수긍할 수 있는 결과였다.

'다른 능력치도 비슷한 이치겠지.'

민우는 대충 결론이 났다는 듯 고개를 끄덕거렸다.

그리고는 빠르게 장착 구종을 확인했다.

[장착 구종(1/6)]

─포심 패스트볼 [E, 59(42%)/100]

─(임시)커브 [N, 40(1%)/100]

─비어 있음.

─비어 있음.

─비어 있음.

─비어 있음.

장착 구종 목록이 눈앞에 떠오르자 민우는 잠시 씁쓸한 미소를 지어 보였다.

'아하하. 체력 소모가 심해서 낮을 거라고는 예상했지만 혹시나가 역시나구나.'

기본적으로 장착되어 있던 포심 패스트볼 능력치도 그다지 높은 편은 아니었고, 퀘스트가 발동되면서 임시로 장착이 된 커브는 노말, 즉 겨우 커브라고 불러줄 만한 능력치에 불과한 것이나 마찬가지였다.

민우는 지금껏 알아낸 사실들을 빠르게 정리하기 시작했다.

'종합하면 내가 던질 수 있는 최고 구속은 144km지만 이 구속으로 던졌을 때 내가 원하는 곳으로 정확히 들어갈 확률은 겨우 56%라는 말이고. 체력 소모는 패스트볼은 하나에 −3, 커브는 −4라는 말이지. 휴우. 그럼 결론은 내가 던질 수 있는 남은 투구 수는 끽해야 30개 남짓이라는 말이 되는 거네.'

민우는 과거 한국에서 배팅볼 투수 노릇을 할 적에 체력이 30까지 내려갔던 때가 떠오르자 몸이 부르르 떨려왔다.

체력 표시가 붉은색으로 변하더니 온몸에 무기력감이 찾아오면서 내 몸이 아닌 것처럼 느껴지며 어떤 훈련도 제대로 할 수 없었기 때문이다.

심지어 훈련이 끝난 뒤, 숙소로 향하는 것조차 힘겹게 느껴졌었다.

민우의 표정이 돌연 어두워졌다.

만약 퀘스트에 실패하면 올스타 브레이크 동안 훈련은커녕 체력 회복을 위해 하루 종일 숙소에서 빈둥거려야 할 판이었기 때문이다.

'이건 빠르게 승부를 봐야 해. 그리고… 커브만 던질 필요는 없다, 이거지.'

퀘스트의 내용에는 커브만을 이용하라는 말은 전혀 들어 있지 않았었다.

그 점을 떠올린 민우가 입꼬리를 스윽 말아 올렸다.

'꼭 성공한다. 능력치를 위해서, 체력 회복을 위해서, 포인트를 위해서!'

마음을 다잡은 민우의 표정이 결연한 표정으로 변해갔다.

"민우! 1분 지났다고! 언제까지 그렇게 멍하니 서 있을 거야?"

상념을 깨는 리치의 목소리에 민우가 수건을 안전 펜스에 걸고는 고개를 끄덕거렸다.

"이봐, 리치. 그냥 하면 심심하니까 내기를 하는 게 어때?"

민우의 제안에 리치가 호기심이 동한다는 듯한 표정을 지어 보였다.

"무슨 내기?"

"공 30개로 아웃 카운트 10개 먼저 잡기. 대신 헛스윙이나 스트라이크존에 들어오는 공, 그리고 내야 땅볼은 전부 아웃으로 치는 거지. 물론 내야를 빠져나갈 만한 땅볼은 인정. 30개를 전부 소모시키면 너의 승리, 아웃 카운트 10개를 먼저 잡으면 나의 승리야. 보상은 점심 내기. 어때?"

민우가 가볍게 설명을 해주자 리치가 잠시 손익을 계산하는 듯하더니 문제없다는 듯 흔쾌히 고개를 끄덕거렸다.

"나쁘지 않은데? 그냥 하는 것보단 역시 내기가 끼어 있어야 재미가 있지. 후후후. 어서 덤비라고! 다 때려내 줄 테니까."

리치는 배트를 붕붕 휘두르며 홈런이라도 칠 기세를 보이고 있었다.

리치가 내기를 수락하는 순간 민우의 시야에 알림창이 하나 떠올랐다.

띠링!
[돌발 퀘스트—변화구 하나쯤은 괜찮잖아! 성공 조건 변경]
—리치와의 내기가 성립되어 퀘스트 성공 조건이 변경되었습니다.
—투구 수 30개를 채우기 전에 아웃 카운트 10개를 잡아내십시오.

'어? 성공 조건이 바뀌었어?'
성공 조건의 변경과 함께 민우의 시야 우측 상단에 자리한 체력 표시 아래에 'Q. 아웃 카운트 0/10, 남은 투구 수 30'이라는 글씨가 나타나 노란빛을 내뿜고 있었다.

잠시 어리둥절한 표정을 짓고 있던 민우가 이내 입가에 옅은 미소를 띠었다.

'훗. 어떻게 보면 차라리 이게 더 쉬울지도 몰라.'

타석에 서 있던 리치의 표정에서 보이는 자신감은 당연히 이 내기에서 이기는 사람은 바로 자신이라고 생각하는 듯 보였다.

리치의 흥분한 모습에 다시 한 번 피식 웃음을 보인 민우가 가볍게 스트레칭을 하고는 로진백을 탁탁 털었다.

그 모습에 리치도 준비가 되었다는 듯, 배터 박스에 자리를 잡은 채, 타이밍을 재듯 배트를 흔들거리고 있었다.

'자, 일단 1아웃.'

곧 가슴팍으로 글러브를 끌어올린 민우가 부드러운 투구 폼으로 공을 뿌렸다.

공을 뿌리는 속도와 동작은 비슷했기에 리치는 전혀 이상한 점을 눈치채지 못하고 있었다.

슈우우욱!

민우의 손을 떠난 공이 커브를 뿌릴 때와 달리 포심 패스트볼의 궤적을 띠며 날아가기 시작했다.

'어? 어?'

가벼운 마음으로 배트를 내밀던 리치는 예상보다 훨씬 빠르게 날아오는 공의 궤적에 그제야 무언가 낌새를 눈치챘지만 커브볼에 타이밍을 맞춰 내밀던 배트를 더욱 빠르게 돌리는 것은 현실적으로 무리였다.

민우의 손을 떠난 공은 올곧은 궤적을 보인 채 빠른 속도로 홈 플레이트를 지나쳤다.

챙!

"컥!"

민우가 뿌린 공이 홈 플레이트 뒤쪽의 철망에 부딪히는 소리와 함께 리치의 나지막한 신음 소리가 들려왔다.

예상치 못한 빠른 공에 크게 헛스윙을 하며 휘청거린 리치가 놀란 토끼 눈을 하고는 뒤쪽에 떨어져 있는 야구공과 그 공을 던진 민우를 멍한 표정으로 번갈아 바라봤다.

그러고는 돌연 당했다는 표정을 지으며 민우를 향해 소리를 지르기 시작했다.

"민우! 갑자기 패스트볼을 던지면 어떻게 해? 그것도 겁나 빠르잖아! 이건 반칙이야! 반칙!"

크게 휘청거리는 리치의 모습에 민우가 아주 조금은 미안한 기색으로 웃음을 보였다.

'커브를 예상하고 있었겠지. 미안하다. 퀘스트 성공을 위해서는 어쩔 수가 없단다.'

잠시 마음속으로 사과를 표한 민우가 리치를 바라보며 음흉한 미소를 지어 보였다.

"이봐, 리치. 진지하게 임하라고. 우리의 내기 조건에 커브만을 던지겠다고는 정하지 않았잖아. 이것도 다 널 위한 훈련인거야."

민우의 궤변에 리치가 당했다는 표정을 지어 보였다.

"그리고 난 그렇게 싼 점심을 먹을 생각이 없단 말이야. 후후후. 이걸로 1아웃이야. 자, 또 간다. 다음 공 받아라!"

민우는 리치가 정신을 차리기 전에 빠르게 퀘스트를 진행하기로 결정했다.

민우가 말을 끝내고는 곧장 와인드업 자세를 취하는 모습을 보던 리치의 눈빛이 점점 어두워져 갔다.

민우는 이 기회를 놓치지 않겠다는 듯 여세를 몰아 거의 속사포로 공을 뿌리기 시작했다.

슈욱!

탁!

슈욱!

챙!

슈욱!

딱!

민우의 공이 들어오는 족족 배트를 휘두르던 리치는 뒤늦게야 유인구를 구분해 내며 민우의 투구 수를 늘리기 위해 배트를 다잡는 모습을 보였다.

하지만 이미 아웃 카운트는 9개에 도달해 있었고, 민우의 투구 수는 17개에 불과한 상황이었다.

민우는 회심의 미소를 지으며 마지막 공을 가볍게 뿌렸다.

슈우욱!

패스트볼의 궤적을 그리며 날아오는 공에 리치가 타이밍을 맞춰 배트를 내밀었다.

그런데 배트가 이미 홈 플레이트 위를 지나고 있는데도 공은 아직도 조금 앞에서 날아오고 있었다.

'어? 뭐야?'

그제야 구속이 크게 떨어졌다는 것을 깨달은 리치였지만 배트를 거둬들이기에는 이미 늦은 상황이었다.

툭!

데굴데굴.

리치가 휘두른 배트 끝에 부딪혀 힘없이 굴러간 타구는 민우의 글러브로 쏙 하고 들어가 버렸다.

'오케이! 성공이다.'

허탈한 표정으로 자신을 바라보는 리치의 표정에 민우가 씨익 하며 입꼬리를 말아 올렸다.

"오늘 점심은 랍스터가 좋겠는데?"

민우의 입에서 랍스터라는 단어가 나오자 리치의 표정이 급격히 어두워졌다.

띠링!

[돌발 퀘스트-변화구 하나쯤은 괜찮잖아! 결과.]

—포심 패스트볼과 커브볼을 적절히 이용하여 리치의 타격 연습을 훌륭히 마쳤습니다.

—리치에게 아웃 카운트 10개를 잡아내며 내기에서 승리하였습니다.

—퀘스트 성공 보상으로 영구적으로 구속 +2, 제구 +2가 상승합니다. 500포인트가 지급됩니다.

—새로운 구종 '커브'를 습득했습니다.

—체력과 컨디션이 최상으로 회복됩니다.

마지막 아웃 카운트를 잡아냄과 동시에 알림창이 떠오르며 퀘스트가 완료되었음을 알려왔다.

그와 동시에 온몸이 상쾌해지며 쌓였던 피로가 빠져나가는 기분이 느껴졌다.

시야 우측 상단을 바라보니 '체력(179/179)'라는 표시가 선명하게 반짝거리고 있었다.

퀘스트 성공으로 얻어낸 보상에 기분 좋은 미소를 보이던 민우가 고개를 돌려 리치를 바라봤다.

리치는 패배의 충격이 가시지 않은 듯 멍한 표정으로 배트를 늘어뜨리고 있었다.

'음. 내가 너무 놀렸나?'

그 모습에 아차 하는 표정을 지은 민우가 리치에게 천천히 다가갔다.

"리치, 왜 그래. 랍스터 때문에 그러는 거야? 랍스터는 농담이라고."

민우의 웃음기가 담긴 목소리가 들려오자 리치가 천천히 고개를 들어 원망스러운 눈빛으로 민우를 바라봤다.

"이 사기꾼!"

"헉."

"처음에는 일부러 못 던지는 척한거지? 날 속이려고!"

리치는 무언가 단단히 오해하고 있는 듯했다.

민우는 식은땀을 삐질 흘리며 손을 저었다.

"아, 아니야. 난 정말로 커브를 던져 본 적이 없다고. 너한테 배운 게 처음이야."

민우의 해명에도 리치는 여전히 믿기지 않는다는 듯한 눈빛을 보내고 있었다.

"흥! 처음 던지는 건데 그렇게 그럴싸하게 구사할 수 있다고? 그게 그렇게 쉬운 게 아니라는 건 투수인 내가 잘 알고 있는 걸? 그리고 패스트볼도 못해도 90마일에 가깝던데? 생각하니까 더 화나네!"

민우는 리치가 정말 화가 난 듯 보이자 땀을 삐질삐질 흘리며 어색한 웃음을 보였다.

"아하하. 정말이야. 하늘에 맹세코 거짓말은 하나도 없어. 믿어 달라고."

'처음 던져 본 건 맞지만… 능력치 빨이라고는 얘기할 수 없잖아. 퀘스트의 희생양으로 만들어서 미안하다, 리치.'

민우의 계속된 해명에 잠시 지긋이 눈빛을 보내던 리치가 한숨을 푹 쉬었다.

"흥! 그럼 이렇게 해. 거짓말이 아니라면 다시 정정당당하게 붙는 거야! 오늘은 내가졌으니까 랍스터를 쏘겠지만, 다음번엔 이렇게 쉽게 당해주지 않을 테니까."

"어, 어. 그래, 그래."

리치의 굳은 다짐에 다시 한 번 땀을 삐질 흘리는 민우였다.

이날 이후, 민우는 올스타 브레이크 기간 동안 두 번이나 더 리치를 상대로 투수 역할을 해줄 수밖에 없었다.

커브 구종을 장착한 이후, 민우는 마치 원래부터 커브를 던졌던 것처럼 자연스럽게 커브를 뿌릴 수 있게 되었고, 결과적으로 두 번의 식사를 더 얻어먹으며 리치의 주머니를 거덜 내버렸다.

"하아."

올스타 브레이크 마지막 날, 리치는 텅 비어버린 자신의 지갑을 거꾸로 들어 보이며 혹시라도 숨어 있을 돈이 떨어지지 않을까 하는 행동을 보이고, 한숨을 쉬고를 반복하고 있었다.

'이거, 언젠가 실전에서도 투수 능력치를 써먹을 수 있겠는데? 상점을 한 번 뒤져 볼까?'

부른 배를 두드리며 이 사이에 끼어 있던 고기 조각을 더듬
거리던 민우의 뇌리에 어느덧 이런 생각이 자라나는 건 덤이
었다.

제6장

대기록을 향하여 1

　3일간의 짧은 올스타 브레이크는 빠르게 지나갔다.

　늦은 밤, 숙소로 돌아온 선수들은 휴가가 끝난 것이 아쉬운 듯 힘겨운 표정을 지어 보였지만, 날이 밝아오자 언제 그랬냐는 듯 눈을 반짝이며 훈련에 임하는 모습을 보였다.

　후반기 일정이 시작됨과 동시에 채터누가 룩아웃츠는 전반기 우승 팀의 저력을 뽐내듯 거침없이 치고 나가기 시작했다.

　전반기 마지막까지 북부 리그 1위 자리를 놓고 채터누가를 괴롭혔던 테네시 스모키스와의 3연전을 3승 무패로 완벽하게 스윕해 내며 쾌조의 스타트를 끊더니, 캐롤라이나 머드캣츠와의 4연전을 3승 1패로 장식하며 위닝 시리즈를 따내는 무서운 저력을 보였다.

그리고 이런 채터누가의 거침없는 돌풍의 중심에는 단연 민우의 활약이 가장 눈에 띄었다.

후반기에 치러진 7경기에서 민우가 보인 활약은 전반기에 못지않았다.

테네시 스모키스 3연전, 13타석 12타수 6안타(홈런3) 7타점 4득점, 타율 0.500.

캐롤라이나 머드캣츠 4연전, 17타석 15타수 8안타(홈런4) 10타점 7득점, 타율 0.533.

그리고 이런 압도적인 성적을 더욱 빛나게 하는 기록이 두 가지 더 있었다.

바로 연속 출루 기록과 연속 홈런 기록이었다.

더블A로의 승격 이후, 민우는 단 한 경기에서도 출루에 실패하지 않으며 14게임 연속 출루에 성공하고 있는 상태였다.

그리고 더더욱 놀라운 것은 전반기 4경기 연속 홈런의 기록이 후반기 첫 경기에서 아쉽게도 끊어졌지만 개의치 않는다는 듯, 이후 다시 연속 홈런 기록을 이어가면서 현재까지 6게임 연속 홈런 기록을 세웠다는 것이었다.

이런 민우의 기록 행진에 채터누가의 팬들을 시작으로 각종 지역지와 스포츠 뉴스, 그리고 마이너리그 홈페이지까지 민우의 연속 홈런 기록으로 메인 페이지를 장식하며 민우가 새로운 기록을 달성할 수 있을지 그 귀추를 주목하고 있었다.

〈'스나이퍼' 강민우, 베이브 루스의 5경기 연속 홈런 기록을 넘어 윌리 메이스의 6경기 연속 홈런에 동률 이뤄.〉

〈'킹 캉(King Kang)' 강민우, 6경기 연속 홈런으로 더블A의 홈런 폭격기로 등극하다. 시즌 14호 홈런으로 선두 페구에로에 단 3개 차.〉

〈'센세이셔널' 강(KANG)의 거침없는 질주를 막을 자는 없는가. 메이저리그 기록인 켄 그리피 주니어의 8경기 연속 홈런 기록까지·단 2개 남아.〉

그리고 뉴스를 통해 민우의 기록 행진을 알게 된 타 팀의 팬까지도 어느덧 민우의 기록이 어디까지 이어질지 관심을 집중하기 시작했다.

서던 리그 전체를 통틀어서 단연 가장 핫한 아이콘이 바로 민우라고 할 수 있었다.

하지만 정작 당사자인 민우는 계속되는 원정 경기에 집중한 나머지 자신의 유명세를 까맣게 모르고 있는 상태였다.

*   *   *

원정 7연전을 끝내고 오랜만에 홈으로 돌아온 채터누가의 선수들은 시즌 중에 몇 번 있지 않은 휴식일을 이용해 꿀맛 같은 휴식을 보내며 원정길에 쌓였던 피로를 해소시켰다.

채터누가의 다음 일정은 모바일 베이베어스(Mobile Baybears)와의 홈 4연전이 예정되어 있었다.

오늘 경기는 6시 30분으로 단체 훈련 시간은 오후 3시 반으로 예정이 되어 있었는데, 선수들이 그라운드에 들어서기 훨씬 전부터 관중석에는 하나둘 채터누가의 팬들이 들어서기 시작하는 모습이 보였다.

그리고 그런 팬들의 특징은 대개가 젊은 여성층이 주를 이루고 있었는데, 그들은 홈팀 더그아웃의 가장 가까운 좌석에 앉아서 계속해서 고개를 두리번거리며 누군가를 찾는 듯 보였다.

그라운드에 하나둘 선수들이 들어서는데도 큰 반응이 없던 여성 팬들은 이윽고 검은 머리가 돋보이는 한 선수가 그라운드에 모습을 드러내자 자리에서 벌떡 일어나더니 관중석의 난간에 매달려 소리를 지르기 시작했다.

"꺄아아! 강민우다!"

"강! 이쪽 좀 봐줘요!"

"알러뷰! 강!"

팬들의 격한 반응에 예상치 못했다는 듯, 그라운드에 나와 있던 선수들이 일제히 놀란 표정으로 소리를 지르는 팬들을 바라보기 시작했다.

'이게 무슨 일이지?'

당사자인 민우 역시 얼떨떨한 표정을 짓더니 어색한 듯한 웃음을 보이며 그들을 향해 손을 흔들어주었다.

"꺄아아~ 우리한테 손 흔들어줬어."

그 모습을 바라보던 샌즈는 마치 자신이 민우가 된 것처럼 뿌듯한 표정을 짓고 있었다.

"이야. 어느 정도 예상은 하고 있었지만 홈에 오니까 확실히 체감이 되네. 민우의 인기가 이 정도였나?"

샌즈가 가볍게 내뱉는 말에 바로 옆에서 몸을 풀고 있던 리치가 부러운 눈빛으로 민우와 여성 팬들을 번갈아 쳐다보더니 한숨을 푹 쉬었다.

"휴우. 민우는 내 피 같은 돈을 빼앗아가더니 여성 팬들의 마음까지 전부 빼앗아갔구나. 부럽다. 부러워."

"어째서… 어째서지?"

"응?"

부러운 눈빛으로 민우를 바라보던 샌즈와 리치는 옆에서 느껴지는 암울한 기운에 고개를 돌리고는 이내 피식 웃어 보였다.

"고든, 뭐하냐."

그들의 시선이 닿는 곳에는 고든이 무릎을 꿇고 앉아 어깨를 축 늘어뜨린 채 처절한 시선으로 민우와 여성 팬들을 바라보고 있었다.

"어째서 나보다 저 녀석이 인기가 많은 거냐고! 왜 내 이름을 부르지 않는 거지!"

마치 드라마의 한 장면을 보는 듯한 느낌에 샌즈와 리치가 동시에 웃음을 터뜨리고 말았다.

"풉."

"푸하핫."

그 웃음이 자신을 비웃는다고 느껴서일까.

고든이 고개를 휙 돌리더니 두 눈을 부릅뜨며 샌즈와 리치를 노려봤다.

"뭐야! 지금 날 비웃는 거야? 너희들이 내 심정이 어떤지 알아?"

고든의 반응에 샌즈가 피식 웃어 보이더니 고든에게 하나의 조언을 해주었다.

"고든, 그렇게 부러워만 하지 말고 머리를 써야지, 머리를. 자, 내가 하는 걸 잘 보라고."

그 말과 함께 샌즈는 곧장 민우의 곁으로 다가가더니 어깨에 팔을 둘렀다.

"민우, 뭐해? 팬들의 사인 요청을 거절하는 건 예의가 아니라고. 가자."

"어?"

샌즈의 손에 이끌려 순식간에 팬들의 코앞까지 도달한 민우는 초롱초롱한 눈빛으로 자신을 바라보는 팬들과 눈이 마주치자 어색한 미소를 보였다.

"아하하~"

그 모습에 팬들이 다시 한 번 '꺅꺅'거리더니 곧 민우의 성인 'KANG'이 박음질된 채너구가의 유니폼을 내밀며 사인을 요청했다.

"항상 경기 잘 보고 있어요."

"너무 잘생겼어요."

"덕분에 요새 힘이 나요."

"오늘도 홈런 한 방 부탁해요!"

'팬들에게 사랑받는다는 건 역시 좋은 거구나.'

민우는 금발의 여성 팬이 내민 펜을 받아들고는 유니폼과 야구공에 열심히 사인을 해주기 시작했다.

그 인원이 그리 많지 않았기에 빠르게 사인을 마친 민우가 펜을 여성 팬에게 돌려주려고 손을 내밀었다.

그러자 여성 팬은 펜을 받으며 반대쪽 손을 쑥 내밀어 무언가 적힌 쪽지를 민우의 손에 쥐어주었다.

"제 휴대폰 번호예요. 경기 끝나고 연락해요."

민우는 갑작스런 상황에 눈을 동그랗게 뜨고는 부끄러운 표정을 짓고 있던 여성 팬을 바라봤다.

쪽지를 건넨 금발 여성은 푸른 눈을 초롱초롱 빛내고 있었다.

여자를 만날 일이 별로 없었던 민우의 눈에도 그 모습이 사뭇 귀엽게 느껴졌다.

하지만 민우는 이내 미안한 기색으로 천천히 고개를 저었다.

"저, 죄송합니다. 시즌 중에는 경기에 집중해야 해서 사적인 연락은 조금 곤란하거든요. 양해 부탁드려요."

민우는 쪽지를 돌려주며 고개를 가볍게 숙이고는 그라운드로 돌아서 멀어져 갔다.

그러자 쪽지를 되돌려 받은 여성 팬이 몹시 아쉬운 표정으로 그 뒷모습을 바라보다 한숨을 내쉬었다.

"아아……."

그리고 그 틈에 샌즈가 환한 미소를 띤 채 자신의 존재감을 어필했다.

"저한테 사인 받으실 분? 거기 아름다운 여성분?"

샌즈의 손에는 언제 들고 왔는지 몇 개의 야구공이 들려 있었다.

여성들은 민우의 팬이기 이전에 채터누가의 팬들이기도 했다.

채터누가에서 팬서비스에 가장 충실한 이가 바로 샌즈이기도 했기에 팬들 사이에서 그 평판이 꽤나 좋은 상태였다.

샌즈의 손에 들린 야구공을 보고는 몇몇 팬이 사인볼을 받기 위해 빠르게 다가왔다.

그리고 그 틈엔 민우에게 쪽지를 내밀었던 금발의 여성 팬도 있었다.

"이름이?"

"헬레나예요."

"오~ 이름이 참 아름다우시네요."

야구공에 사인과 함께 그 이름을 적은 샌즈가 헬레나에게 야구공을 내밀었다.

"자, 여기."

"고마워요."

"아, 그리고 아까 그 쪽지, 저한테 주면 제가 저 녀석에게 전해줄게요."

야구공을 쥔 채 뒤로 돌아서던 헬레나는 샌즈의 제안에 깜짝 놀란 표정으로 샌즈에게 다가왔다.

"정말이에요? 그래줄 수 있어요?"

헬레나의 흥분한 목소리에 샌즈가 가볍게 고개를 끄덕였다.

"물론이죠. 걱정 마세요. 제가 바로 저 매정한 녀석의 베스트 프렌드, 샌즈니까요."

찡긋.

호언장담과 함께 느끼한 표정으로 윙크를 날리는 샌즈의 모습에 헬레나는 급격히 신뢰감이 떨어진다는 표정을 지으며 쪽지를 내밀던 손을 거두려고 했다.

슥!

그 모습에 잽싸게 쪽지를 낚아챈 샌즈가 손을 흔들며 헬레나의 곁에서 빠르게 멀어져 갔다.

"연락할게요!"

마치 자신이 연락하겠다는 듯한 말투에 헬레나는 황당한 표정으로 샌즈의 뒷모습을 바라보고 있을 뿐이었다.

"이봐, 민우. 왜 이렇게 매정해. 전화번호 정도는 그냥 받아도 되잖아."

그라운드에서 묵묵히 몸을 풀고 있던 민우는 어느새 곁으로 다가온 샌즈의 나무라는 말에 가볍게 고개를 저었다.

'아쉽긴 하지만… 메이저리그에 올라간 뒤라면 모를까. 지금은 아니야. 9월 달에 40인 로스터에 들어가려면 더더욱 앞만 보고 달려야 하니까.'

"마음에도 없는데 번호를 받아서 뭐하게. 괜한 기대감만 심어줄 바에 아예 안 받는 게 서로한테 좋은 거라고 생각해."

민우의 덤덤한 모습에 샌즈가 싱겁다는 듯한 표정을 짓더니 알겠다는 듯이 고개를 끄덕거렸다.

"그래? 뭐, 그렇다면 넌 그 여성 팬한테 관심이 없다 이거지?"

"그래, 관심 없어."

"그으래? 그럼 내가 그 여성 팬이랑 만나도 상관이 없다 이말이지?"

샌즈의 목소리는 어느새 음흉하게 변해 있었다.

고개를 돌려보니 샌즈는 무슨 상상을 하는 것인지 헤벌레

한 표정으로 관중석을 바라보고 있었다.

민우가 그 시선을 따라 관중석으로 고개를 돌리니 예의 금발 여성이 친구들로 보이는 이들과 수다를 떠는 모습이 보였다.

'어떻게 만나겠다는 거지?'

민우는 샌즈가 그 번호를 받은 것을 모르고 있었기에 고개를 갸웃거릴 뿐이었다.

*　　　*　　　*

경기 시간이 다가오자 채터누가의 홈구장인 AT&T 필드의 관중석에는 관중들이 빼곡히 들어차며 빈자리를 찾아보기가 힘들었다.

특히 AT&T 필드의 유일한 외야 좌석은 오랜만에 사람으로 가득 차 있었다.

우측 외야 펜스 너머로 자리한 100석 남짓한 외야석에는 빈자리는커녕 좌석 옆으로 자리한 계단에까지 앉아 있는 사람들이 보이고 있었다.

평소라면 그런 불편함을 감수하는 팬들을 볼 일이 없었지만, 오늘 경기는 그럴만한 이유가 있었다.

6경기 연속 홈런의 주인공.

그리고 어쩌면 7경기 연속 홈런의 기록이 오늘 경기에서 세워질지도 모르기 때문이었다.

그들의 목표는 채터누가 돌풍의 주역, 민우의 7경기 연속 홈런 기록을 두 눈으로 보는 것과 함께 운이 좋다면 그 홈런 볼을 자신의 손으로 잡아내는 것이었다.

메이저리그에서의 기록에 비할 순 없겠지만 연속 경기 홈런 기록은 그 자체로 가치가 있었기 때문이다.

하지만 팬들의 표정에는 기대감과 더불어 약간의 불안감이 서려 있기도 했다.

오늘 경기에서 모바일 베이베어스가 선발투수로 내세운 선수를 떠올리고는 민우의 연속 경기 홈런 기록이 중단될지도 모른다는 생각을 가지고 있었다.

『메이저리거』 6권에 계속…

초대형 24시 만화방

신간 100%, 샤워실, 흡연실, 수면실(침대석), 커플석, 세탁기 완비

■ 강북 노원역점 ■

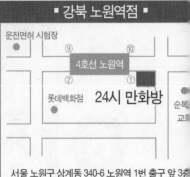

운전면허 시험장
⑨   4호선 노원역   ⑩
②   ①
롯데백화점   24시 만화방   순복
                          교호

서울 노원구 상계동 340-6 노원역 1번 출구 앞 3층
02) 951-8324 (화용빌딩 3층)

■ 일산 정발산역점 ■

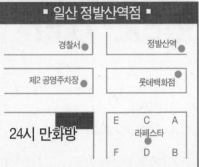

경찰서   정발산역
제2 공영주차장   롯데백화점

24시 만화방

E C A
라페스타
F D B

라페스타 E동 건너편 먹자골목 내 객잔건물 5층
031) 914-1957

■ 일산 화정역점 ■

덕양구청
③   ④
화정역
②   ①
세이브존
롯데마트   이마트

24시 만화방   화정중앙공원   화정동 성당

경기도 고양시 덕양구 화정동 984번지 서일빌딩 7
031) 979-4874 (서일사우나 건물 7층)

■ 부천 역곡역점 ■

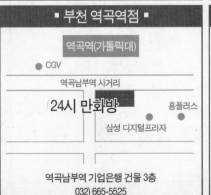

역곡역(가톨릭대)

CGV
역곡남부역 사거리
24시 만화방   홈플러스
삼성 디지털프라자

역곡남부역 기업은행 건물 3층
032) 665-5525

■ 부평역점 ■

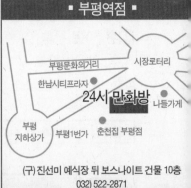

부평문화의거리   시장로터리
한남시티프라자
24시 만화방   나들가게
부평
지하상가   춘천집 부평점
부평1번가

(구) 진선미 예식장 뒤 보스나이트 건물 10층
032) 522-2871

글샘 장편 소설
FUSION FANTASTIC STORY

세상을 다 가져라

[세상을 다 가져라]

문피아 선호작 베스트 작품 전격 출간!
현대판타지, 그 상상력의 한계를 넘어서다!

권고사직을 당한 지 2년째의 백수 권혁준.

우연히 타게 된 괴상한 발명품으로 인해
과거로 회귀한다!

그런데
과거로 온 혁준의 손에 들려 있는 것은 바로
최신형 스마트폰!

"까짓 세상, 죄다 가져 버리겠다 이거야."

백수였던 혁준의 짜릿한 인생 역전이 시작된다!

Book Publishing CHUNGEORAM

유행이 아닌 자유추구 —
WWW.chungeoram.com

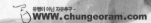

FUSION FANTASTIC STORY

탁목조 장편 소설

천공기

탁목조 작가가 펼쳐 내는 또 하나의 이야기!

『천공기』

최초이자 최강의 천공기사였던 형.
형은 위대한 업적을 이룬 전설이었다.
하지만 음모로 인해 행방불명되는데……

"형이 실종되었다고
내게서 형의 모든 것을 빼앗아 가?"

스물두 살 생일,
행방불명된 형이 보낸 선물, 천공기.
그리고 하나씩 밝혀지는 진실들.

천공기사 진세현이 만들어가는 전설이 시작된다!

Book Publishing CHUNGEORAM

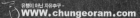

네르가시아 장편소설
FUSION FANTASTIC STORY

도시 무왕 연대기

글로벌 기업의 후계자 감태하.
탄탄대로를 걷던 그에게 거대한 음모가 덮쳐 온다!

『도시 무왕 연대기』

가장 믿고 있었던 친척의 배신,
그가 탄 비행기는 추락하고 만다.

혹한의 땅에서 기적같이 살아나
기연을 만나게 되는데……

**모든 것을 잃은 남자,
감태하의 화끈한 복수극이 시작된다!**

Book Publishing CHUNGEORAM

유행이아닌 자유추구 -
WWW.chungeoram.com

十字星 십자성
전왕의 검

허담 新무협 판타지 소설
FANTASTIC ORIENTAL HEROES

신력을 타고났으나 그것은 축복이 아닌 저주였다.

『십자성 - 전왕의 검』

남과 다르기에 계속된 도망자의 삶.
거듭된 도망의 끝은 북방 이민족의 땅이었다.
야만자의 땅에서 적풍은 마침내 검을 드는데……!

"다시는 숨어 살지 않겠다!"

쫓기지 않고 군림하리라!
절대마지 십자성을 거느린
적풍의 압도적인 무림행이 시작된다!

Book Publishing CHUNGEORAM

유행이 아닌 자유추구 -
WWW.chungeoram.com

이계진입 리로디드

임경배 퓨전 판타지 소설

FUSION FANTASTIC STORY

『권왕전생』임경배의 2015년 신작!

『이계진입 리로디드』

**왕의 심장이 불타 사라질 때,
현세의 운명을 초월한 존재가 이 땅에 강림하리라!**

폭군으로부터 이세계를 구원한 지구인 소년 성시한.
부와 명예, 아름다운 연인…
해피엔딩으로 이야기는 끝인 줄 알았건만
그 대가는 지구로의 무참한 추방이었다.
그리고 10년 후…….

"내가 돌아왔다! 이 개자식들아!"

한 번 세상을 구한 영웅의 이계 '재' 진입 이야기!

Book Publishing CHUNGEORAM

유행이 아닌 자유추구-
WWW.chungeoram.com

paráclito

빠라끌리또

FUSION FANTASTIC STORY

가프 장편소설

막장 비리 검사가
최고의 검사로 거듭나기까지!
그에겐 비밀스러운 친구가 있었다.

『빠라끌리또』

운명의 동반자가 된 '빠라끌리또'가 던진 한마디.

-밍글라바(안녕하세요)!

그 한마디는 막장 비리 검사, 송승우의
모든 것을 통째로 리뉴얼시켜 버렸다.

빠라끌리또=Helper, 협력자, 성령.

Book Publishing CHUNGEORAM

유행이 아닌 자유추구-
WWW.chungeoram.com

철백 新무협 판타지 소설

FANTASTIC ORIENTAL HEROES

大武

대무사

피와 비명으로 얼룩진 정마대전의 종결.
그리고…

"오늘부로 혈영대는 해산한다."

혈영대주 이신.
혈영사신(血影死神)이라고 불리는 그가
장장 십오 년 만에 귀향길에 올랐다.

더 이상 전쟁의 영웅도, 사신도 아니다!

무사 중의 무사, 대무사 이신.
전 무림이 그의 행보를 주목한다!

Book Publishing CHUNGEORAM

유행이 아닌 자유추구 -
WWW.chungeoram.com